Volker König

Dicke Enden

Über den Autor:
Volker König wurde 1965 in Dortmund geboren und wuchs in Herdecke auf. Nach seinem Biologiestudium begann er zu schreiben. Bisher erschienen sind der Roman *Tantenfieber*, der Erzählband *Dicke Enden*, die Novelle *Die Farbe des Kraken*, die Erzählung *VARN* und der Roman *In Zukunft Chillingham*.

Volker König

Dicke
Enden

Kurztexte & Kritzelzeichnungen

Neuauflage Januar 2020
© 2004 Volker König
Herstellung und Verlag:
BoD – Books on Demand, Norderstedt
ISBN: 9 783750 437166

Er wunderte sich,
dass den Katzen gerade an der Stelle
zwei Löcher in den Pelz geschnitten wären,
wo sie die Augen hätten.

Georg Christoph Lichtenberg

358 Türchen

Gleichmütig lächelnd stand Herr Piefke mit Zwiebelnetz und Senfglas in der Kassenschlange seines Supermarktes und ließ seinen Blick über emsige Kassiererinnen, nervöse Kunden und quengelnde Kinder schweifen, bis der an einem Haufen Adventskalendern haften blieb. Bald war Weihnachten! Die einst mit dem Öffnen der Türchen verbundene Aufregung durchflutete ihn mit einem Mal, und als sie etwas verebbte, erkannte er, dass er wohl nicht der Einzige zu sein schien, der mit diesem einfachen Gegenstand eine vorfreudige Stimmung verband. Gerade eben hatte wieder jemand einen Kalender mit kindlichem Lächeln an sich genommen. Wenn diese Vorfreude doch länger andauern würde, dachte Herr Piefke, als plötzlich in seinem Kopf eine geradezu ungeheuerliche Vorstellung entstand. Entschlossen griff er in den Haufen. Er brauchte ein Muster, denn er würde den ersten ganzjährigen Weihnachtskalender herstellen!

Zu Hause machte sich Herr Piefke sofort ans Werk. Der mitgebrachte Kalender inspirierte ihn zu zwei Varianten seiner Vision. Variante A sollte aus zwölf Steckmodulen über je einen Monat bestehen, die zusammen eine etwa 0,75 Quadratmeter große Weihnachtskalenderfläche ergaben. Hinter jeder der 358 Türchen, also vom 1. Januar bis zum 24. Dezember,

7

sollte eine Schokoladenfigur warten, die saisonbedingt beispielsweise im Frühling ein Krokus oder im Sommer ein Sonnenschirm war. Die Variante B hingegen sollte vor allen Dingen Käufern mit kleinen Räumlichkeiten die Möglichkeit einer Installation dieses außergewöhnlichen Kalenders bieten. Dazu erdachte sich Piefke einen fünfzehn Zentimeter langen Wandhaken, an den die zwölf Steckmodule hintereinander gehängt werden konnten. Nach abgeschlossener Planung kratzte Piefke mit der Überzeugung, der Menschheit einen eigentlich unbezahlbaren Dienst zu erweisen, sein gesamtes Vermögen zusammen, leierte bei seiner Bank einen seine Erwartungen übertreffenden Kredit heraus und kaufte eine kleine Fabrik irgendwo in der Holsteinischen Schweiz.

Piefke hatte sich bereits im Vorfeld der Produktion zwar etwas von seiner Idee erhofft, aber als der Kalender nach einer angemessenen Werbestaffel schließlich an einem 1. Januar für gerade 9,95 Euro in den Läden erhältlich war, da sprengte die Resonanz seine kühnsten Erwartungen.

Menschen rotteten sich vor Supermärkten zusammen, manche übernachteten sogar vor den Türen, um als Erste einen Kalender zu erstehen. Kaum dass neue Kalender geliefert wurden, waren sie auch schon ausverkauft. Der Schwarzhandel blühte in diesen Zeiten des Engpasses. Eine Frau hatte die die astronomische Summe von 135 Euro gezahlt und war darauf sogar noch stolz. Selbst die schlimmsten Säufer kauften für einige Tage etwas weniger Schnaps, um das Geld für den Kalender zu sparen. Besonders Überzeugte waren der Meinung, dass auch die Toten dieser segensreichen Erfindung teilhaftig werden sollten, und so fand man die Variante B vereinzelt an Grabsteinen fest geschraubt.

Piefke selbst wurde in Talkshows herumgereicht, und auch die zynischsten Showmaster ließen es sich nicht nehmen, ihre Sympathie für Piefkes Projekt zu bekunden. Sicher gab es einige, die den Kalender mit Skepsis betrachteten, aber die hielten den Mund, denn zum einen wollten sie nicht ins Schussfeld der allgemeinen Meinung geraten, zum anderen mussten sie sich eingestehen, nur neidisch auf Piefkes Erfolg zu sein.

Bereits im März war die Fabrik der Nachfrage nicht mehr gewachsen, so dass vergrößert werden musste. Der kleine Ort in der Holsteinischen Schweiz entwickelte sich langsam zu einem Wallfahrtsort, worauf dort niemand vorbereitet gewesen war. Doch den findigen Bewohnern gelang es, den nahezu heiligen Glanz des Gegenstandes auf ganz gewöhnliche Dinge umzuleiten. Selbst die Steine des Zufahrtsweges zur Fabrik wurden fortgetragen, denn immerhin hatten die Lkws, bepackt mit Weihnachtskalendern, sie berührt. Eine Gruppe extremer Priester schlug Piefke schließlich als Anwärter für eine Heiligsprechung vor, aber so weit wollte man im Vatikan noch nicht gehen. Immerhin wäre das Unternehmen vordergründig rein kapitalistisch, wenn auch ein gewisser Bezug zu Glaubenssachen nicht abzustreiten sei. Aber ärgerlicherweise sei Piefke Protestant.

Man hätte meinen können, dass Piefke in seinem Büro im zwölften Stock seines neuen Verwaltungsgebäudes für immer ausgesorgt haben müsste. Aber eines Tages im Hochsommer, als er sich wieder vor der Panzerglasvitrine mit dem ersten gekauften Weihnachtskalender in seinem Ruhm aalte, sah er, wie sich die Pappe um den 15. Dezember herum erst ausbeulte und dann verfärbte. Ungläubig rieb er sich die Augen. Eine braune Masse quoll durch die Perforation der Papptürchen und wälzte sich langsam über die Weihnachtsmänner und rehgezogenen Schlitten. Dann breitete sie sich auf dem Samtkissen, auf dem der Kalender ruhte, aus. Piefke wurden die Knie weich. Die im Kalender enthaltene Schokolade hielt den Sommertemperaturen nicht stand.

Es hagelte zunächst nur Beschwerden, dann aber vor allem Rechnungen über verschmierte Wohnzimmerwände. War der Stein des Anstoßes erst nur die sich verflüssigende Schokolade gewesen, so wurden nun Kritiker mutig, die sich im Zuge der Euphorie nicht getraut hatten, ihre Meinung zu sagen. Reporter zogen durch das Land, um die Menschen nach ihrer Meinung zu befragen. Sehr viele wussten nun, warum der Piefke-Kalender nur 9,95 Euro gekostet hatte, denn sie sahen sich darin bestätigt, dass das, was nichts kostet, auch nichts taugt. Eine Gruppierung zur Rettung des Osterfestes wurde laut, denn der Piefke-Kalender hätte durch seine Konzeption das Weihnachtsfest so stark in den Vordergrund gerückt, dass andere Feste – speziell Ostern – völlig vernachlässigt worden seien. Wieder andere empfanden es plötzlich als langweilig, ein ganzes Jahr auf Weihnachten zu warten. Ganz spitzfindige meinten dagegen, dass von *Ganzjährigkeit* überhaupt nicht die Rede sein konnte, denn schließlich würden dafür exakt 7 – in Worten sieben – Tage fehlen, auch wenn es im Volksmund die *Tage zwischen den Jahren* gebe. Manche hatten sich auch über die Schokoladenfiguren hinter den Türen geärgert, und speziell eine alte Jungfer hatte die Darstellung eines Frosches mit der eines spärlich bekleideten Mannes verwechselt und geisterte seitdem verwirrt durch U-Bahn Schächte.

Die wahrscheinlich größte Katastrophe hatte der Kalender aber in Geheimdienstkreisen heraufbeschworen. Spezialisten hatten aus der vorgegebenen Anordnung der Schokoladenfiguren einen super geheimen Code entwickelt, der dort, wo der Kalender hing, zum Informationsaustausch der Agenten diente. Die sich auflösenden Figuren führten somit zu einem Informationsloch, das behelfsmäßig, und darum fehlerhaft, gestopft wurde und zu drastischen Missverständnissen führte. So war die Ermordung des Präsidenten einer Bananenrepublik schließlich nur auf ein derartiges Missverständnis zurückzuführen. Kommunistische Staaten empörten sich, kapitalistische Staaten versuchten zu vertuschen, bis die Zusammenhänge von einem renommierten Nachrichtenmagazin veröffentlicht wurden und die Situation entschärft werden konnte. Schließlich wäre ein Krieg durch einen schlecht gemachten Weihnachtskalender nicht zu rechtfertigen gewesen. Am Ende zogen die extremen Priester ihren Vorschlag zurück und wandelten ihn in einen Antrag auf Exkommunizierung Piefkes um, der aber aus denselben Gründen abgelehnt wurde wie der zuvor gestellte.

So kam es, dass Piefke sein gesamtes Vermögen für Wiedergutmachungen ausgeben musste. Zudem wurde sein Kalender verboten, und auch eine verbesserte Neuauflage wurde ihm nicht gestattet, weil man soziale, moralische und wirtschaftliche Unruhen befürchten musste. Piefke stand schließlich wieder genau dort, wo er angefangen hatte: in der Schlange vor der Kasse, mit einem Zwiebelnetz und einem Senfglas in der Hand, und stellte verbittert fest, dass die Grenze zwischen Heldentum und Schande wahrhaftig fließend sein kann.

Kontakt

„Sind Sie ein furchtsamer Mensch?"

Ich starre direkt in ein spitznasiges, schlecht rasiertes, tief zerfurchtes und groß grinsendes Gesicht unter einem seltsamen Hut, das mich mit seiner Frage aus meiner Lektüre herausgerissen hat.

„Nicht, dass ich wüsste", stammele ich irritiert und zugleich in die Enge getrieben und blicke mich daher suchend um. Aber ich bin allein mit meinem Gegenüber an dieser verlassenen Bahnstation.

„Hervorragend", sagt der Andere und tritt einen Schritt zurück. Er steckt in einem zusammengewürfelten, abgetragenen Anzug, überdeckt von einem langen, dunklen, mit einer derben Kordel am Hals zusammengehaltenen Umhang. Blitzsaubere Schuhe lugen unter dem Saum hervor.

„Dann werde ich Sie jetzt mit einer Sache vertraut machen. Dabei müssen Sie aufmerksam sein. Schauen Sie hin. Hören Sie zu. Auf keinen Fall dürfen Sie jedoch weiterlesen!"

„Wenn Sie das für richtig halten", sage ich, sehr darauf bedacht, den anderen nicht zu reizen, weiß man doch, wohin leichtfertige Worte führen können.

Ich lasse die Lektüre also sinken, ja ich halte es sogar für angemessen, die Hände frei zu haben, und lege die Lektüre darum neben mich auf die Bank. Ich hoffe inständig, es lediglich mit einem jener harmlosen Verwirrten zu tun zu haben, wie sie mir in dieser Gegend des Öfteren begegnen.

„Ich bin sozusagen ein Entdeckungsreisender. Sie kennen doch Entdeckungsreisende, oder?"

Ich nicke vorsichtshalber. Zu meiner Erleichterung tritt der Mann noch einen Schritt zurück.

„Dann werde ich Sie jetzt mit meiner Vorübung vertraut machen. Sie werden sehen."

Er breitet die Arme aus, so dass der Umhang den Bahnsteig dahinter vollständig verdeckt.

„Es ist eine Vorübung, die absolut nötig ist ... zum Aufwärmen sozusagen. Vor allem muss sie rechtzeitig ausgeführt werden. Sonst funktioniert es nicht."

„Sonst funktioniert was nicht?", frage ich.

„Es hat mit dem Reisen an sich zu tun. Dem Prozess als solchem. Ich muss mich sehr konzentrieren, und selbst dann gelingt es nicht immer. Jetzt, wo Sie mich schon einmal gesehen haben, spielen Sie auch eine gewisse Rolle dabei."

„Wieso ich?", frage ich verblüfft.

„Nun, jetzt lässt es sich nicht mehr rückgängig machen. Und darum müssen Sie genügend vorbereitet sein."

„Ich? Wofür?"

„Es nennt sich Nebensprung und befähigt mich, eine kurze Distanz zu überbrücken, ohne dass mich irgend-etwas daran hindern könnte."

Jetzt bin ich vollständig davon überzeugt, es mit einem dieser Verwirrten zu tun zu haben.

Er beginnt, langsam mit den Armen auf- und abzuwedeln, als wolle er sich einem großen Schmetterling gleich in die Luft erheben. Seine Bewegungen werden schneller und schneller, bis ich den Eindruck gewinne, seine Arme mit dem darüber hängenden Umhang hätten sich in so etwas wie riesige, rauschende Flügel verwandelt, denn der hinter ihm liegende Bahnsteig wird für mich wieder sichtbar. So schnell sind seine Bewegungen. Sein restlicher Körper mit dem Kopf darauf bleibt dagegen in absoluter Ruhe.

„Sehen Sie?", lächelt er mir zu. „Ich habe das lange geübt."

„Wie weit können Sie sich denn auf diese Weise bewegen?", frage ich inzwischen belustigt, denn obwohl die Geschwindigkeit der Arme beeindruckt, so bewegt sich der Kerl um kein Maß in irgendeine Richtung.

„Nur ein paar Schritte. Sie werden sehen. Übrigens, fährt hier nicht der Schnellzug durch?"

Ich stutze.

„Ja, das tut er. In wenigen Minuten wird er kommen. Aber er wird nicht halten. Er ist kein Bummelzug."

„Das ist gut", sagt der Mann. „Würden Sie mir Bescheid geben, wenn er sich nähert?"

Ich blicke in die Richtung, aus welcher der Zug kommen wird, und auch, um mich zu vergewissern, ob vielleicht inzwischen irgendjemand den Bahnsteig betreten hat und ebenfalls Zeuge seiner Darbietung wird. Aber weder das eine noch das andere ist der Fall.

Ich wende mich wieder dem seltsamen Mann zu.

„Gut, das wird reichen", sagt er und stellt seine Armbewegungen so schlagartig ein, dass es mich ein wenig schwindelt.

„Aber Sie sind nach wie vor an derselben Stelle", sage ich.

„Wie ich bereits erwähnte, handelt es sich dabei lediglich um eine Vorübung. Sie werden sehen."

In diesem Moment beginnen die Gleise zu singen.

„Ich denke, der Zug kommt", vermute ich. „Ja, da hinten zeigt er sich schon. Gleich wird er da sein."

„Vielen Dank", lächelt der Mann sehr breit. Zumindest wirkt es so, als lächele er jetzt breiter. Tatsächlich aber hat es einen kurzen Ruck durch seinen Körper gegeben, und er hat sich in zwei identische aufgeteilt, die um etwa eine Fingerbreite gegeneinander verschoben sind und sich dabei vollständig durchdringen. Diese beiden Männer werden transparent, springen zurück ineinander, springen wieder auseinander, schneller und schneller und sind schließlich so etwas wic cin oszillierendes, ein flimmerndes System. Als wäre ich noch nicht genug verblüfft, hebt dieses Gebilde, denn von einem Mann mag ich in dem Moment nicht mehr reden, eine Hand oder vielmehr zwei rechte Hände zum Gruß. Mit einem sanften Blitz etwa in der Art, wie er beim Ausschalten eines Fernsehgerätes beobachtet werden kann, verschwindet die Erscheinung in dem Augenblick, als der Zug am Bahnsteig entlang rast.

Ich erhasche den Anblick des Mannes, wie er hinter einem der vorübersausenden Fenster weiterhin zu mir herübergrüßen. Mir stellt sich die Frage, was jene Passagiere in dem Abteil wohl über sein plötzliches Erscheinen, seinen Nebensprung, denken möchten. Ich bin immerhin in geeigneter Weise vorbereitet worden, um mich nicht zu fürchten.

Warum habe ich mich um Himmels Willen nur darauf eingelassen?

Weil sie mir geschmeichelt haben? Weil ich zu gutmütig bin? Weil es eine Herausforderung ist? Sie haben kein Basssaxophon auftreiben können, das sie eigentlich gebraucht hätten. Aber ich hätte doch zu Hause eine Tuba. Die würde ich doch wie meine Posaune vorzüglich beherrschen, haben sie gesagt. Die Tuba sei jedoch in Es gestimmt, habe ich gesagt. Eher etwas für ein Ensemble, nicht für ein Blasorchester. Sie hätten keinen anderen, haben sie gesagt. Keinen anderen Dummen, füge ich jetzt für mich hinzu. Dabei liegt das Stück selbst eigentlich in einer günstigen Lage, bis auf diesen einen Ton. Den ersten Ton. Den allerersten Ton. In Forte Fortissimo!

Nein, nein, eine Tuba bläst man nicht wie eine Blockflöte. Der Ton wird mit den Lippen erzeugt. Er muss auch ohne Mundstück und Instrument klingen. Ich habe während der ersten Probe mit Sub-Kontra-Es angegeben. Naturton auf diesem Instrument! Kaum 20 Hertz! Über eine Oktave tiefer als für das Stück nötig und als es mit einem Basssaxophon überhaupt möglich wäre. Sub-Kontra-Es ist leicht, das spiele ich im Schlaf, das will das Instrument fast von allein spielen. In dieser Tiefe klinge meine kleine Tuba beinahe so schnarrend wie ein Basssaxophon, meinte der Maestro. Er will darum unbedingt Sub-Kontra-E haben. Das ist auch im Keller, auch ganz unten, aber eine Idee über der Leichtigkeit. Gerade eben kein Naturton. Eine Qual. Da muss man alle vier Ventile drücken, da muss man Luft geliehen bekommen, vor allem bei mehrfacher Taktlänge und Forte Fortissimo. Das nenne ich Ewigkeit! Die Lippen sind flaumweich und flattern vor den Zähnen im Kessel des Mundstücks herum. Sub-Kontra-E! Die Zunge verkriecht sich in den vibrierenden Hals, aber auch der Kopf vibriert, der Brustkorb, ja der ganze Körper bis in die kleine Zehe. Der Raum drumherum geht manchmal in Resonanz über. Selbst das Haus kann mitschwingen.

Speziell bei meinem Instrument muss man den Ansatz für diesen Ton ein wenig absacken lassen – vor dem Anblasen, nicht während! Er darf keinesfalls geschlenzt sein wie bei manchen Schlagersängern. Dieser Ton muss genau auf den Einsatz des Maestros hin sauber im Raum stehen. Man muss ihn eine halbe Sekunde früher anblasen, damit die Luftsäule genug Zeit hat, um sich einzuschwingen für Sub-Kontra-E und Forte Fortissimo. Es dauert bei diesem Stück Messiaens besagte Ewigkeit, bis das Orchester einsetzt und mich erlöst. Meine Lunge ist ausgequetscht und fühlt sich nur noch walnussgroß an. Mir ist dann schwindelig. Als Posaunist bin ich so was nicht gewohnt.

Gestern hat es wieder nicht geklappt, und gleich ist Premiere. Ich bin ein Nervenbündel. Am liebsten würde ich den Ton jetzt und hier, mitten auf der Bühne noch einmal proben, so wie in den letzten Wochen.

Da bin ich morgens aufgestanden, habe mir die Tuba gegriffen und den Ton gespielt. Aus dem Stegreif und genau so, wie wenn der Maestro mir den Einsatz gibt. Ich kam von der Toilette und habe den Ton gespielt. Ich trank einen Kaffee und spielte danach den Ton. Ich ging einkaufen und spielte den Ton nach meiner Rückkehr. Ich hängte die Wäsche im Keller auf und spielte, wenn ich zurück in der Wohnung war, den Ton. Ich wischte die Treppe und dachte nur an den Ton. Ich saß im Kino, in der Straßenbahn, im Auto, im Hotel und dachte nur an den Ton. Ich erwischte mich dabei, wie ich durch die Straßen lief, in der Hosentasche meine Finger zum Alle-Ventile-drücken-Griff formiert. Dazu flatterten meine Lippen.

Meine Nachbarn haben erst nur verhaltener gegrüßt, dann haben sie es ganz unterlassen, und als ich vorhin die Wohnung verließ, sah ich einen mit übermüdeten, hasserfüllten Augen. Sie wissen um meinen Beruf, aber sie wissen auch um meine Kraft. An mich heranwagen würden sie sich daher nicht. Für ein fettiges Bittschreiben mit allen Unterschriften, unter meiner Tür durchgeschoben, reichte ihr Mut gerade eben. Ich konnte nicht darauf Rücksicht nehmen, kann es ihnen aber auch nicht verübeln, dass sie mich schneiden, denn auch, wenn ich nachts aufwachte, nahm ich sofort das Instrument und spielte den Ton. Meine Freundin ist verbittert. Guter Sex war einmal. Kein

Kuscheln danach, nur der Ton. Forte Fortissimo! Sie ist erst einmal ausgezogen.

Ich bin sowieso nur noch zu einer Sache zu gebrauchen. Niemand kann die Qualen erahnen, die ich erleiden musste und muss, wenn sich das Universum nur noch um diese knapp 20 Hertz am Anfang, allein und in Forte Fortissimo dreht. Ich hoffe, ich bete ...

Der Maestro betritt die Bühne und besteigt das Pult. Bei rauschendem Beifall zwinkert er allen zu. Mir zwinkert er gleichfalls zu, aber da ist in seinen Augen auch etwas von der Angst, die ich ausschwitze. Ich halte etwas Wasser im Mundraum gefangen, das ich kurz zuvor herunterschlucken werde. Der Mund darf nicht trocken werden!

Der Beifall verebbt. Der Maestro hebt den Stock und fasst mich scharf ins Auge. Ich sehe den Stock seinem höchsten Punkt entgegenschwingen, ich schlucke, ich drücke die Ventile, ich hole tief, sehr tief Luft. Die Lippen erschlaffen kontrolliert. Der Stock zielt auf mich wie ein Degen, da habe ich bereits angeblasen. Und dann ist er da! Groß und mächtig steht der Ton im Raum wie ein Monument. Mit Messiaen rufe ich aus den Tiefen der Tiefe und erwarte meine Auferstehung von den Toten.

Das 1964 in Paris uraufgeführte und für Holz- und Blechbläser gleichermaßen atemlose Stück von Olivier Messien heisst Et expecto resurrectionem mortuorem (Und ich erwarte die Auferstehung von den Toten).

Das Wort

Wenn einer nicht mehr hungrig ist,
dann ist er satt, soviel steht fest.
Bei durstig wird es schwierig, weil
für durstig fehlt das Gegenteil.

Zwar fand ein Mensch bei Stuttgart,
sitt sei geschickt und sehr smart.
Doch Doktor Mathematikus
saß in der Kammer mit Verdruss.

Es ärgerte ihn krumm und schief
dies kleine Wort, dies Adjektiv!
Dem Doktor war es zu bescheiden,
ein besseres galt herzuleiten.

Den Buchstaben von A bis Z
man eine Zahl zuordnen tät
von eins bis sechsundzwanzig –
des Doktors Stirn entspannte sich.

Nun ließ sich schön die Summe bilden,
von jedem Wort, aus allen Silben.
Mit hungrig, durstig und auch satt
den Dreisatz er geformet hat.

Er musste hier bedenken fix,
dass hungrig zu satt wie durstig zu x.
Der Doktor wurde jetzt ganz hitzig,
denn x sollt sein gar runde siebzig!

Buchstaben zählt er, die vielen –
hungrig hat wie durstig sieben.
Zu satt war jetzt ganz logisch hier,
das neue Wort sollt haben vier.

Konsonant und auch Vokal
bereiteten ihm etwas Qual.
Hungrig hat genau zwei G,
entsprechend satt genau zwei T.

Weil durstig lebt mit einem G
erhält das neue Wort ein T.
Den U′s und I′s äquivalent
ist A. Das ist doch evident!

Der Doktor jubelte: „Vortrefflich.
Die Wissenschaft ist unbestechlich.
Die gute, alte Algebra
erzwang ein T sowie ein A.“

Die Summe dieser beiden
ließ sich von siebzig scheiden.
Was blieb war ein gesunder Rest.
Neunundvierzig. Welch ein Fest!

Neunundvierzig für zwei Staben!
Das war zu lösen ohne Fragen.
Und als am Morgen kam die Katz,
da stand auf seinem Zettel: watz!

Das nun sollte das Wörtchen sein.
Es war ganz schmuck und obendrein
ermittelt und verknüpft,
ertüftelt und geprüft.

Der Doktor schrieb dann an verehrte
Gremien und Schriftgelehrte.
Das Wort, es passe ins Gefüge.
Auf das man´s lehre und es übe!

Die Fachwelt war ganz fasziniert,
der Doktor aber tief gerührt.
Im ganzen Land durft´ er verbreiten
das Wort und seine Nützlichkeiten.

Das alles war zwar gut erdacht,
allein das Wort wurde verlacht.
Obwohl der Doktor drauf bestand
es nicht in Volkes Sprache fand.

Statt watz sprach jeder hurtig:
„Ich bin jetzt nicht mehr durstig.“
Und als er wollte jemand zwingen,
bekam er Prügel nebst andern Dingen.

Schwer zerbeult kehrte er heim
und gestand den Fehler ein.
Ein Wort, das bisher nicht von Nöten,
das muss man nicht zusammenlöten.

Selbst wissenschaftlich hergeleitet,
ist es doch künstlich zubereitet.
Gut erfunden mag erheben,
den Lohn vergibt derweil das Leben.

Vielleicht ...

Werner Pohl saß vor seinem Feierabendbier und beobachtete, wie die Schaumkrone langsam zerfiel. Was gäbe er darum, jetzt jemanden bei sich zu haben, der mit ihm anstoßen würde. Aber seine wenigen Freunde waren wie so oft beschäftigt, und dem Schauspieler im Fernsehen zuzuprosten, hielt er für krankhaft.

Ob der Luftdruck dafür sorgte, dass die Schaumkrone zerfiel? Aber so weit wusste er über physikalische Zusammenhänge Bescheid, um diese Erklärung sofort zu verwerfen. Andererseits wurden tagtäglich neue, erstaunliche Entdeckungen in den Naturwissenschaften gemacht, und manchmal sogar althergebrachte Vorstellungen von Wirklichkeit über den Haufen geworfen.

Er nahm einen tiefen Schluck aus der Flasche und wechselte den Kanal. Im Fernsehen berichteten sie vom Start einer Rakete ins All.

Das All!

Gerade hier schienen zahlreiche Überraschungen auf die Menschen zu warten. Konnte man doch heute schon Milliarden Lichtjahre in das Universum hineinhorchen. Für Werner Pohl war es unfassbar, dass man bis heute nicht auf andere Lebewesen gestoßen war.

„Vielleicht haben wir immer noch nicht die Möglichkeiten", murmelte er, schlürfte das Glas leer und wälzte sich aus dem Sessel. Auf dem Weg zum Kühlschrank kam ihm eine Idee. Was wäre, wenn es zwar Lebewesen im Kosmos gäbe, die Menschen sie aber nicht sehen könnten. Vielleicht, weil sie unsichtbar waren. Oder ... und nun stutzte er. Vielleicht wollten diese Wesen gar nicht von uns gesehen werden?

Er hatte seinen Sessel wieder erreicht und starrte mit glasigen Augen die Wand über dem bedeutungslos gewordenen Fernseher an. Seine Gedanken begannen zu galoppieren. Vielleicht wollten die da draußen nichts mit uns Menschen zu tun haben und verbargen sich deshalb nach Kräften. Werner Pohl konnte das nur zu gut verstehen, denn er selbst hatte auch oft das Bedürfnis, nichts mit denen vor seiner Wohnungstür zu tun zu haben. Nur jetzt hätte er gerne einen zum Anstoßen gehabt. Doch er schweifte ab.

Wie, wenn diese Lebewesen alle Anstrengungen, sie zu finden, abwehrten? Vielleicht hatten sie die Raumsonden von der Erde auf ihren Nachtkästchen deponiert und machten sich über ihre Absender lustig. Vielleicht war es ihnen mit einem guten Kniff gelungen, uns auf der Erde weiszumachen, der Raum sei gekrümmt, oder sie hatten vielleicht eigens eine Industrie dafür entwickelt, uns vorzugaukeln, dass es da draußen Galaxien über Galaxien gäbe.

Werner Pohl wurde sehr aufgeregt. Das Bier hatte er schon wieder ausgetrunken, und darum lief er schnell zum Kühlschrank. Er nahm gleich den Rest der Sechserpackung mit.

Aber warum wollten diese Wesen unerkannt bleiben, grübelte er, als er wieder im Sessel saß. Taten sie etwas ganz Geheimes? Oder gar Gefährliches? Oder hatten sie Angst? Er suchte nach einer Antwort, indem er von seinem Sessel aus durchs Fenster in die Nacht starrte.

„Vielleicht sind wir euch etwas zu verrückt oder zu böse oder zu langweilig oder alles auf einmal. Verflucht ... ich könnte das gut verstehen."

Ein weiterer Schluck stieß die Tür zu einer neuen Vorstellung auf. Wenn das hier auf der Erde nur die kleine Party wäre, dann wären wir alle von der großen, der eigentlichen, ausgeschlossen! Der Abschaum des Universums! Zu mies, als dass man sich mit uns beschäftigen müsste.

„Vielleicht sitzt ihr jetzt irgendwo da oben und trinkt Bier wie ich", murmelte Werner Pohl angetrunken.

„Prost ihr da oben", brüllte er in die Sterne. Er erhielt keine Antwort.

„Na gut", seufzte er. „Vielleicht wollt ihr bei eurer Party unter euch sein ..."

Daraufhin schlief er in seinem Sessel ein.

Wäre er nicht eingeschlafen, dann hätte er leise, aber ganz deutlich, ein einziges Wort hören können:

„Genau!"

Humpert

Wahrscheinlich weiß nur noch ich, was es mit dem alten Humpert auf sich gehabt hatte. Natürlich wusste es auch Oma Tigges, denn die hat mir die Geschichte erzählt. Vielleicht ahnten es auch noch ein paar andere aus dem Dorf. Aber diese anderen sind, wie er selbst, bereits tot, und so ist es an mir, davon zu berichten.

Ich kann mich noch genau an den Tag erinnern, als ich den alten Humpert zum ersten Mal sah. Es war ein Sonntagvormittag, und ich saß bei Oma Tigges in der Küche. Es roch nach Kaninchenbraten und warmer Milch, und die Katzen strichen um meine Beine. Oma Tigges saß vor einem Berg Kartoffeln. Liebevoll schälte sie die hellbraune Schale in einem Stück mit einem kurzen Messer herunter, halbierte die Kartoffel und gab mir beide Hälften, damit ich sie in den mit Salzwasser gefüllten Topf plumpsen lassen konnte. Die Sonne schien warm zum geöffneten Fenster herein, und von Zeit zu Zeit verirrte sich ein dicker Brummer auf eine der Geranien. Ich kann mich nicht entsinnen, jemals später wieder eine friedlichere Zeit erlebt zu haben. Noch heute, wenn ich in einem Kaufhaus einen dunkelblauen Stoff mit karminroten kleinen Quadraten darauf sehe, fällt mir der Küchenkittel von Oma Tigges ein, und ich verweile eine Zeit davor, um mir diesen Frieden wieder bewusst zu machen.

„Was willst du tun, wenn du groß bist?", fragte Oma Tigges.

„Ich werde Bauer!", sagte ich mit der Überzeugung, die nur Neunjährige haben können.

„Das ist eine gute Wahl. Meinst du, wir werden dann immer noch Kartoffeln zusammen schälen, wenn du ein Bauer geworden bist?"

„Selbstverständlich!"

Oma Tigges lächelte.

„Aber vielleicht hast du bis dahin eine junge Frau gefunden", meinte sie.

„Nein, so wie du wird niemand Kartoffeln schälen."

Oma Tigges lachte. Dann schaute sie aus dem Fenster. Ich blickte in ihr Gesicht und entdeckte mit einem Mal ein viel jüngeres darin. Dessen Augen glänzten hell und wach, während ein verträumtes Lächeln ihren Mund umspielte.

„Da ist Humpert", sagte sie leise.

Ein sehr alter Mann schleppte sich über den kleinen Platz vor der Kirche. Er trug einen Sack auf dem Rücken. Sein Stock stieß auf dem Pflaster auf, als wolle er sich jedes einzelnen Steines vergewissern. Er blieb stehen, schob den Hut nach hinten und blickte zur Uhr des Kirchturms. Dann zog er ein weißes Tuch aus der Hosentasche und wischte sich damit den Nacken. Nachdem er das Tuch wieder eingesteckt hatte, drückte er den Hut zurück in die Stirn.

„Guten Tag, Humpert!", rief Oma Tigges und lehnte sich etwas aus dem Fenster.

„Guten Tag, Luise!", rief der alte Humpert zurück und lüftete seinen Hut. Seine Stimme klang kraftvoll und knorrig. Dann kam er auf uns zu. Sein großer Kopf erschien zwischen den Geranien.

„Wie geht es dir, Luise?", fragte Humpert.

„Gut", sagte Oma Tigges.

„Kenne ich den jungen Mann schon, der dir beim Kartoffelschälen hilft?", fragte Humpert mit einem Blick auf mich.

„Das ist Robert. Er ist zu Besuch aus der Stadt gekommen."

„Aha", sagte Humpert und blickte mich fest an. Ich schwöre, ich habe bestimmt genauso zurückblicken wollen. Doch unter seinen buschigen, grauen Augenbrauen leuchtete mir ein Glanz entgegen, der mich in eine Welt mit hohen Bergen am Rande einer weiten Ebene entführte. Die Sonne tauchte alles in ein rotgoldenes Licht, und der Wind drückte Mulden in ein mannstiefes Grasmeer.

„Kann ich dir etwas anbieten?", fragte Oma Tigges.

„Oh nein. Ich werde noch einen kleinen Spaziergang machen", erwiderte Humpert.

„Dann will ich dich nicht aufhalten", sagte Oma Tigges.

Ich blickte ihm über das Grasmeer hinweg nach, wie er hinter der Kirchhofsmauer verschwand.

„Ein seltsamer Mensch", sagte ich leise.

„Oh ja. Das ist er", meinte Oma Tigges. „Wenn du versprichst, es für dich zu behalten, dann werde ich dir eine Geschichte über den alten Humpert erzählen. Eine unglaubliche Geschichte, aber sie ist wahr."

Ich nickte. Sie strich sich ihren dunkelblauen Kittel mit den karminroten Quadraten über den Knien glatt. Dann nahm sie eine neue Kartoffel und während sie die Schale in einem Stück abschälte, begann sie zu erzählen.

„Humpert wohnte damals wie heute in einem kleinen Häuschen am Rande des Dorfes. Zumindest damals war es der Rand des Dorfes. Heute grenzt dort die Neubausiedlung. Aber damals waren da Wiesen, sanfte Hügel und der Bach."

„Was hat er dort gemacht?", fragte ich.

„Nun, er hat Schlösser repariert. Du kannst dir sicher vorstellen, dass es im Dorf eine Menge Schlösser gibt. Manchmal klemmen sie, manchmal lassen die Leute Türen zufallen, und manchmal gibt es keine Schlüssel, weil sie verloren gegangen sind. Humpert kannte sich mit all dem aus. Ja, er war ein Meister seines Faches."

Sie reichte mir die Kartoffelhälften, und ich ließ sie ins Wasser fallen.

„Bei schönem Wetter hat er auf der Bank an der Rückseite seines Hauses gesessen und Schlösser repariert. Von Zeit zu Zeit blickte er über den Bach, die Wiesen und die sanften Hügel, lächelte, und dann hat er weitergearbeitet. Wenn es regnete oder zu kalt war, dann saß Humpert in seiner Hütte am Fenster. Auch von dort konnte er den Bach, die Wiesen und die sanften Hügel sehen."

Sie hielt eine Weile mit dem Kartoffelschälen inne und blickte nach draußen. Dann wendete sie sich mir wieder zu.

„Eines Tages stand hinter Humperts Grundstück ein Schild mitten auf der Wiese. Niemand hatte gesehen, wer es dort hingestellt hatte, und es sagte uns, dass auf den Wiesen hinter Humperts Grundstück eine Siedlung errichtet werden sollte. Eine Zeichnung erläuterte, wie diese Siedlung aussehen würde.

Von dem Tag an war Humpert ein anderer Mensch. Er lächelte nicht mehr, seine Arbeit blieb liegen, und er saß von morgens bis abends in der Kneipe. Wenn er gerade noch gehen konnte, schickte ihn der Wirt nach Hause. Es war schrecklich mit anzusehen, wie Humpert verfiel."

Oma Tigges strich sich eine Haarsträhne aus der Stirn.

„Große Bagger rückten an. Sie sperrten den Bach in ein Rohr und rissen die Wiesen auf. Humpert stand betrunken dabei. Dann ist er fortgelaufen."

„Wohin ist er denn gelaufen?", fragte ich.

„Das weiß niemand. Bis heute nicht."

„Die Geschichte ist aber doch noch nicht zu Ende?", fragte ich.

„Gedulde dich", sagte Oma Tigges. „Die Baustelle wurde größer, Keller wurden gegraben, Kräne aufgerichtet, und viele Menschen tauchten in unserem Dorf auf. Humpert blieb verschwunden. Seine kleine Hütte, die einmal den Rand des Dorfes angezeigt hatte, wirkte fremd vor den neuen Häusern. Erst als die Wege zwischen den Gebäuden fertiggestellt waren, war Humpert plötzlich wieder da. Er arbeitete wieder, er lachte wieder, und in der Kneipe hat ihn seitdem auch niemand öfter gesehen, als gut ist."

„Dann war er doch so wie früher", sagte ich.

„Das haben alle gedacht. Manchmal wurde er jedoch seltsam. Er zog sich dann vor uns zurück. Wenn ich ihm in dieser Zeit morgens seine Kanne Milch brachte, traf mich ein Blick voller Sehnsucht. Immer wieder soll er das Dorf mitten in der Nacht verlassen haben und erst am nächsten Morgen zurückgekehrt sein."

„Er ist erneut verschwunden?", fragte ich.

„Ja, aber jetzt nur für eine Nacht. Die Leute tuschelten, er sei krank. Mich hat das neugierig gemacht, und ich glaubte, dass sein Verschwinden mit dieser Sehnsucht in seinem Blick zusammenhing. Ich beobachtete ihn genauer."

„Du warst wohl ziemlich neugierig damals", sagte ich.

„Wenn ich das nicht gewesen wäre, dann könnte ich dir heute nicht diese Geschichte erzählen!", rief Oma Tigges entrüstet. „Als mir also wieder dieser Blick auffiel, habe ich mich abends zu seiner Hütte geschlichen, unter ein Fenster gehockt und gewartet. In die Hütte konnte ich nicht hineinblicken, denn Humpert hatte die Läden verschlossen. Die Zeit verging unendlich langsam. Ich kämpfte gegen meine Müdigkeit an, doch schließlich fielen mir die Augen zu. Ich hatte damals viel zu arbeiten, aber trotzdem musste ich wissen, was Humpert tat, wenn er verschwand.

Plötzlich schreckte ich auf. Die Kirchturmuhr schlug Mitternacht. Ich rieb mir die Augen. Dann quietschte die Tür."

„Seine Tür quietschte? Bei einem Mann, der jedes Schloss in der Gegend geölt hat?", fragte ich.

„Ja", lachte Oma Tigges, „weißt du nicht, dass der Tischler zu Hause kein Geländer an der Treppe hat? Wie dem auch sei: Humpert verließ mit einem Sack auf dem Rücken seine Hütte. Nein, er schlich sich geradezu aus seiner Hütte. Mir klopfte das Herz, als ich ihm so unauffällig wie möglich folgte.

Humpert schlich im Schatten der Häuser durch das Dorf. Von Zeit zu Zeit blickte er sich nach allen Seiten um, bis er den Dorfrand erreicht hatte. Dann verschwand er im Dunkel der Landstraße. Ein leichter Wind, angefüllt mit dem Geruch der Nacht, blies über die Landstraße. Ich hörte einen Vogel rufen, und im Gras am Straßenrand raschelten kleine Tiere. Im Übrigen war es stockdunkel. In dem Moment wollte ich zunächst nicht weitergehen, aber plötzlich sah ich eine Laterne vor mir aufleuchten. Es war Humperts Laterne!"

„Hattest du denn keine Angst?", fragte ich.

„Dafür hatte ich keine Zeit, denn Humpert lief recht schnell. Ich musste ihm in so weitem Abstand folgen, dass ich seine Schritte gerade nicht mehr hörte. Das schwache auf und ab wippende Licht seiner Laterne wies mir den Weg. Junge, du kannst mir glauben, dass das sehr anstrengend war."

„Und wo ist Humpert hingegangen?"

„Ja, das möchtest du wohl wissen", sagte Oma Tigges und nahm eine neue Kartoffel. Sie beugte sich zu mir.

„Er ist in das nächste Dorf gegangen", flüsterte sie. „Er ist zum Platz vor dem Rathaus gegangen, hat seinen Sack abgesetzt, die Laterne ausgemacht und eine Weile unter dem großen Baum auf dem Platz verharrt. Ich selbst habe mich hinter einem Busch am Rathaus versteckt. Einen schlechteren Ort hätte ich nicht wählen können, denn plötzlich ist Humpert geradewegs auf diesen Busch zugekommen. Mir blieb einen Augenblick das Herz stehen, aber Humpert hat sich vor eine kleine Tür direkt neben dem Busch gehockt.

Plötzlich klingelte es leise. Humpert zuckte zusammen, und ich drückte mich auf den Boden. Ein Radfahrer fuhr über den Platz vor dem Rathaus. Als er verschwunden war, richtete ich mich auf, aber Humpert war nicht mehr da!"

„Der alte Humpert ist ins Rathaus des Nachbardorfes eingebrochen?", fragte ich ungläubig.

„So wahr ich hier sitze und Kartoffeln schäle!", rief Oma Tigges und hob eine Hand zum Schwur. „Du kannst dir sicher vorstellen, wie aufregend das war. Aber weil ich nun einmal wissen wollte, was Humpert dort zu schaffen hatte, bin ich auch zu der kleinen Tür gelaufen und habe am Knauf gezogen. Sie war nur angelehnt, und ich bin hineingeschlüpft."

Beinahe vergaß ich, die Kartoffeln ins Wasser fallen zu lassen. Oma Tigges war ebenfalls eingebrochen! Ich konnte es nicht fassen. Aber welcher junge Mensch glaubt schon, dass alte Menschen auch einmal jung gewesen sind?

„Es war dunkel im Rathaus und grabesstill. Ich zog die Schuhe aus. Nachdem sich meine Augen an die Finsternis gewöhnt hatten, sah ich einen schwachen Lichtschein auf dem Boden. Da war noch eine Tür! Auf Zehenspitzen tapste ich darauf zu und gelangte dahinter in einen Gang. Am anderen Ende sah ich den Schein von Humperts Laterne, der alles in ein warmes Licht tauchte.

Ich folgte dem Schein durch mehrere muffige Räume voller Aktenordner bis zur Eingangshalle des Rathauses. Dort stand Humpert, den Rucksack zwischen den Beinen! Ich selbst schob mich vorsichtig unter das Pult, an dem die Empfangsdamen tagsüber sitzen. Himmel, war ich aufgeregt! Wenn Humpert mich entdeckt

hätte ...“

Oma Tigges erhob sich von ihrem Stuhl und goss sich Wasser in ein Glas.

„Möchtest du auch etwas?", fragte sie.

„Ja, aber erzähl doch weiter."

Oma Tigges setzte sich wieder und stellte mir ein Glas Wasser hin.

„Du willst sicher wissen, was in dem Sack war?"

Ich nickte.

„Eine Decke war darin. Eine Decke und ein Kissen. Humpert hatte eine Decke und ein Kissen durch die Nacht getragen. In der Eingangshalle des Rathauses hat er zunächst die Decke ausgebreitet, dann das Kissen darauf gelegt und sich selbst auf das Kissen gesetzt."

„Er war verrückt geworden!"

Oma Tigges schüttelte den Kopf.

„Das habe ich zunächst auch geglaubt. Aber dann hat Humpert die Laterne heller gedreht, und ich konnte erkennen, worauf er wirklich aus war."

„Was war es! Was war es!", rief ich aufgeregt.

Oma Tigges beugte sich erneut vor und flüsterte geheimnisvoll:

„Es war ein Bild."

„Ein Bild?", fragte ich verblüfft.

„Genau. Es war ein Ölbild. Dort in dem Rathaus, mitten in der Eingangshalle, wo täglich viele Menschen hindurcheilen, um Besorgungen zu machen, hing ein Bild an der Wand. Es war nicht besonders groß. Vielleicht so groß wie dieses Fenster. Humpert saß davor und betrachtete es."

„Was war das für ein Bild?", fragte ich.

„Es war ein Bild von der Hütte des alten Humperts. Mit dem Bach, den Wiesen und den sanften Hügeln dahinter."

„Oh", hauchte ich.

„Es war ein Bild von früher, noch bevor die Siedlung gebaut worden war. Humpert hat die halbe Nacht dort gesessen und das Bild angeschaut."

„Und du?"

„Ich habe die halbe Nacht unter dem Pult verbracht. Humpert war so tief in das Bild versunken, dass ich es nicht wagte, ihn dabei zu stören, obwohl mich alle Knochen schmerzten. Schließlich hat er die Laterne wieder heruntergedreht und ist zurückgegangen. Ich habe noch eine Weile gewartet, und mich dann durch das dunkle Rathaus getastet. Zum Glück hatte ich mir den Weg eingeprägt, und zum Glück hatte Humpert die kleine Tür nur zugedrückt. Von innen konnte ich sie daher leicht öffnen."

Oma Tigges wischte sich die Hände an ihrem Kittel ab.

„Aber warum musste Humpert dazu nachts einbrechen, wo er doch auch tagsüber das Bild hätte betrachten können?", fragte ich.

„Als ich damals die halbe Nacht unter dem Pult hinter Humpert hockte, kam mir in den Sinn, dass Humpert unbedingt mit dem Bild hatte alleine sein müssen", sagte Oma Tigges.

Ich blickte zum Fenster hinaus. Das rhythmische Stoßen seines Stockes kündigte den alten Humpert an, wie er langsam um die Kirchhofsmauer bog, einmal kurz zu uns herüber winkte und dann mit dem Sack auf dem Rücken verschwand.

Oma Tigges zwinkerte mir zu.

„Er tut es noch immer?", fragte ich.

„Er tut es noch immer", antwortete sie.

Filmriss

Plötzlich der Stoß von hinten.

Dann im Herumwirbeln ihr kalter Blick. Dann er im Sandkasten, wie er einen Kopf hineindrückt. Dann in der Schule Preisverleihung für sein geklautes Architekturprojekt. Dann im Zimmer des Chefs, sie stoßen an. Dann sie im Brautkleid. Dann seine Fahrt durch aufgebrachte Besitzlose. Dann eine stille Explosion, ein Hochhaus sackt zusammen. Dann drei oder vier gesichtslose Kinder im Kettenkarussell. Dann seine Rede vor den Aktionären. Dann die Eltern unter Nelken. Dann pufft ein Jagdgewehr. Dann im Chefsessel. Dann ein Zimmer mit Dame. Dann seine Ernennung zum Ehrenbürger. Dann der Infarkt, der baumelnde Tropfbeutel. Dann eine andere Dame, ein anderes Zimmer. Dann die Einweihung des Einkaufszentrums, das zerschnittene rote Band schwebt zu Boden. Dann sie mit der geleerten Flasche. Dann seine große Hand. Dann flieht der Bruder vor seinen Hunden. Dann ihr bleiches Gesicht hoch oben am Rand der Klippe.

Plötzlich der harte, harte Fels.

Kaugummi

Martin ist ein Arschloch, dachte Rainer.

Jetzt mehr denn je, und die anderen sagen das auch; alle sagen das, denn mit seinen neuesten Klamotten, immer dem neuesten Gameboy, überhaupt immer dem Neuesten und Teuersten passte der nicht zu ihnen, und der war ja auch eigentlich nur beinahe dabei, als Statist sozusagen, ja, als Statist ging er gerade noch, da konnten sie ihn dulden.

Rainer steckte sich ein Kaugummi in den Mund.

Ein neues Fahrrad hatte Martin letztens geschenkt bekommen, und alle waren darauf herumgefahren, und das nicht, weil sie Martin mochten, sondern um es schlecht zu machen, das Scheißfahrrad mit den besten Bremsen, bester Gabel, besten Reifen, von allem das Beste eben, obwohl Martin gar nicht damit umgehen konnte und, dem Himmel sei Dank, auch nicht lange was davon gehabt hatte, denn das dicke Schloss musste jemand mit einem Bolzenschneider abgezwackt haben, und als sie aus der Höhle rausgekommen waren, hatten alle mit ihren Rädern wegfahren können, nur Martin nicht, das Arschloch!

Rainer steckte sich ein Kaugummi in den Mund.

Er hätte doch seinen ganzen Reichtum geheim halten und auch in den Klamotten seiner Brüder herumlaufen können wie sie alle, aber Martin hatte alles, nur keine

Brüder, wohingegen er selbst zwei Brüder hatte und auch eine Schwester, aber die war schon älter, machte eine Ausbildung als Assistentin von irgendwas, was es bei Martin und seiner Familie nicht gab, denn da war niemand Assistentin von irgendwas, sondern da gab es nur Bosse, wie auch Martin sicher mal einer werden würde, jedoch nicht bei ihnen, denn dafür würde er, Rainer, schon sorgen, und im Grunde hatte er schon dafür gesorgt, denn warum nimmt auch einer auf den Spielplatz sein ganzes Geld mit, und geht dann noch an die Reckstange und hängt sich daran wie ein nasser Sack, obwohl er es nicht kann, aber trotzdem überall mitmachen muss, selbst wenn er nicht den blassesten Schimmer von dem Ganzen hat, und sie hatten ihn einfach an der Stange hängen lassen, waren weitergezogen zum Laden rüber, denn da konnte man Cola kaufen, und Martin passte da ohnehin nicht hin mit seinem ganzen reichen Kram.

Rainer steckte sich ein Kaugummi in den Mund.

Es war eigentlich Zufall gewesen, dass Rainer noch mal zurück zum Spielplatz gemusst hatte, aber da war die Telefonzelle, und er hatte zu Hause anrufen und fragen wollen, ob er am Abend bei Benny übernachten dürfte, als ihm auf halbem Wege Martin entgegengestürzt war, denn der hatte erst jetzt gemerkt, dass sie alle schon weg gewesen waren, und völlig aus der Puste war er gewesen und hatte wissen wollen, wo die anderen seien, und Rainer war sogar großzügig gewesen, hatte ihn zum Laden gewiesen, wohin Martin sofort mit knallrotem Kopf gestolpert war, bevor Rainer an der Reckstange vorbeigekommen war, sich dort noch einmal das armselige Bild von Martin daran ins Gedächtnis gerufen und gegrinst und dann das Portemonnaie gesehen hatte, im Sand unter der Stange, halb zugeschüttet, es herausgezogen und darin allerhand Interessantes gefunden hatte, wie einen Schülerausweis, eine Busfahrkarte und 75 Euro.

Rainer steckte sich ein Kaugummi in den Mund.

75 Euro – er hatte das erst gar nicht glauben können, aber auch erneutes Zählen hatte keinen anderen Betrag ergeben, und er hatte *Scheiße* gedacht, denn soviel Geld hatte Rainer noch nicht einmal zur Kommunion gesehen, und jetzt hatte es in seiner Hand gelegen, eindcutig Martins Geld, denn das hatte der Schülerausweis verraten, und darum hatte er im ersten Moment Martin hinterherlaufen wollen, um es ihm zurückzugeben, sich im letzten Moment aber beherrscht, denn wie hätte das ausgesehen, wenn die anderen das mitbekommen hätten, denn schließlich stand fest, dass man Martin nichts zurückgab, denn Martin war der Statist, obwohl er es ihm natürlich auch später hätte zurückgeben können, wenn keiner dabei war, aber das wäre schließlich aufs Gleiche hinausgelaufen, und außerdem konnte er selbst mit diesem Geld viel mehr anfangen als dieser feine Pinkel.

Rainer steckte sich ein Kaugummi in den Mund.

Zu Hause hätte er schon mal gar nicht damit ankommen können, denn da hätte Mama wissen wollen, wo er es herhatte, und die Wahrheit hätte Rainer dann doch zu Martin geführt, und darum hätte eine Lüge schon verflucht gut gestrickt gewesen sein müssen, vor allem bei Papa, denn der war immer misstrauisch oder besoffen, was beides gleich schlecht war, denn das hätte in jedem Falle geheißen, dass Papa es behalten hätte.

Rainer steckte sich ein Kaugummi in den Mund.

Natürlich hätte er sich etwas kaufen können, aber das hätte schon so beschaffen sein müssen, dass er es bequem hätte verbergen können, und erst, wenn es dann älter gewesen wäre, hätte er es als gefunden ausgeben können; dabei war ihm aber nicht klar gewesen, was das hätte sein können, und zunächst hätte er das Geld vom Rest trennen müssen, denn andernfalls wäre das alles zu verräterisch gewesen, und selbst die leere Börse hätte er Martin nicht zurückgeben können aus dem bereits erwähnten Grund, und außerdem hätte Martin ja schließlich gewusst, welchen Reichtum er da mit sich herumschleppte, und dann wäre er, Rainer, ein Dieb gewesen, oder schlimmer noch, die anderen wären nach und nach gekommen und hätten etwas von ihm haben wollen, denn die sind ja auch nicht doof, dachte Rainer.

Jetzt war es für das alles sowieso zu spät.

Rainer spuckte den dicken Gummiklumpen aus. Der Geschmack war rausgekaut. Er steckte sich ein frisches Kaugummi in den Mund. Mindestens sechzig Packungen waren noch in dem Beutel. Martin ist ein Arschloch, dachte Rainer. Jetzt mehr denn je. Seine Kiefern schmerzten schon.

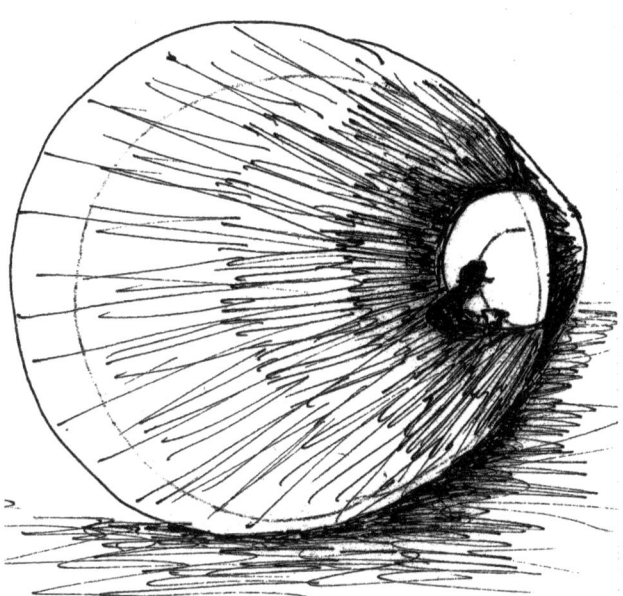

Klang in der Leere

Es ist kalt, denkt die alte Frau. Sie blickt zurück. Das kleine Haus kauert in der Ferne, drückt sich unter die Schneedecke, ist beinahe unsichtbar, wenn da nicht eines der Fenster erleuchtet wäre. Wie ein Auge, das zu ihr herüberstarrt.

Die Öllampe hat sie angezündet, damit sie den Weg zurückfindet. Es ist immer kälter geworden, denkt die alte Frau.

Damals hat sie vor dieser Lampe gesessen und nach dem Klang seiner Stimme gehungert. Alle haben gesagt, du brauchst nicht mehr zu warten, es ist vorbei, und seine Kameraden sind längst heimgekehrt. Plötzlich war er da.

Sie hatten bald Kinder. Eines nach dem anderen starb in den Trümmern des Krieges. Er hat ihr das nie verziehen. Zu schwaches Blut, denkt sie, und ich habe ihm das geglaubt.

Er hat das kleine, gemeinsam begonnene Lied beendet und sie hierher gebracht, damit die Stadt und sie sich vergäßen. Er ist zu oft in die Stadt gereist. Sie blieb zurück, weil er sich ihrer schämte.

Wind summt über die glitzernde Landschaft. Er setzt ihr feine Kristalle in die faltige Haut und in die Augen. Sie kann das schwache Licht nicht mehr erkennen. Es ist aus, denkt sie. Zu wenig Öl für einen zu langen Weg.

Die Pflanzen nahmen dem Weg die Ränder, die Tiere scharrten ihn auf, und der Frost brach das Übrige entzwei. Der Weg ist verblasst und mit ihm die Farbe ihrer Kleider.

Sie blickt nach vorn. Der riesige Baum wuchs kerzengerade in die Höhe, ist in Wind und Regen hin und her geschwungen. Sein Rauschen, Raunen und Flüstern hat ihn und ihre Furcht überstimmt, gerade rechtzeitig, bevor sie haltlos wurde. In seine rissige Rinde hat sie ihren Namen hineingeritzt. Treue bis in den Tod hat sie ihm geschworen, weil alles leichter wurde.

Das Gras, die Büsche und die Wasser hörte sie singen, und selbst die Steine erklangen, als sie begann, sich zugehörig zu fühlen.

Der Baum ist über den Weg gestürzt. Seine Wurzeln verdorren im eisigen Wind zu Harfensaiten. Niemand wird mehr kommen, denkt die alte Frau. Niemand ist seit langem gekommen. Sie sinkt zu Boden. Es ist kalt, und er liegt weit weg im Haus in seinem Bett. Sein Blick ist am Morgen gebrochen.

Sie will zum Stangenholz jenseits des umgestürzten Baumes, aber sie kann sich nicht erheben. Der Schnee hält sie fest, und die Kälte lähmt ihre Bewegungen. Sie stützt sich am Stamm ab. Nur einmal noch will sie das Holz erreichen, das zu ihr redet, flüstert und lockt. Es spielt das Lied, das sie genau kennt. Ein großes Lied.

Sie stemmt sich mit letzter Kraft empor, der Stamm ist sehr dick, sie kann kaum darüber blicken. Mit einer

Hand umfasst sie ein paar Ästchen, die vom Stamm abstehen. Sie brechen sofort, sie stürzt zu Boden. Wenige verbleiben in ihrer Hand. Sie ist müde. Todmüde. Der Korb ist im Schnee versunken. Die Leute werden glauben, was haben sie sich geliebt. Am gleichen Tag heimgegangen, denkt die alte Frau und lächelt. Wenn sie gefunden würde, wird sie mit ihm eins geworden sein.

Mummenschanz

Helene ist am Montag Hella. Sie ist fest entschlossen. Helene ist zwölf. Montag ist Karneval. Sie geht als Nutte.

Wir lächeln. Andere gingen als Piraten, noch andere als Hexen.

Sie hört nicht. Sie will etwas Reales. Eigentlich ist sie klug. Ihre Lehrerin hat sie sich ausgeguckt. Sie will alles ganz genau so machen. Sie will ganz echt sein – am Montag als Hella.

Wir werten es als Flause. Angemalt, ausgestopft, kurzberockt. Sie gefällt sich als Gefallene. Sie hat es anderen gezeigt!

Wir lächeln nicht mehr.

Ihr kleiner Freund findet sie cool, die anderen Kurzen ohne Meinung. Deren Eltern nicht. Die beäugen uns. Die vermuten etwas, plaudern das weiter.

Helene probt mit hohen Hacken. Auf dem Bordstein schwalbt sie herum, steht an der Ecke. Angewinkeltes Bein und Zigarette. Teufel, wo sie die her hat. Nein, sie rauche nicht, vielleicht am Montag. Sie klatscht noch mehr Farbe gegen den Mund, bläut die Augen, trägt Perücke. Sie verlangt ihren Preis!

Man lädt uns aus, keine Stimme am Telefon. Es folgen Zettel, zusammengeklebte Worte. In dieser besseren Gegend. Der Pastor, Himmel, der Pastor! Er lässt ein Kreuz zurück. Noch kein Jugendamt.

Wir reden. Wir taktieren. Karneval sei nur so als ob. Karneval sei nicht echt. Sie folgt uns nicht. Wir müssen tapfer sein.

Rosy´s Helix

Die Zimmerdecke ist weiß und unerreichbar.

Mit dem Wasser hat alles begonnen, denkt sie. Wenn ein geeignetes Gas durch ein Wasserbad sprudelt, dann wird das Wasser im Molekül eingelagert. Lehrbuchwissen!

„Keine originelle Methode", hatte Wilkins gesagt.

Von da an haben er und die anderen mich abgelehnt, denkt sie. Vielleicht auch mehr als das! Dabei wollte ich dieses kleine Hindernis aus dem Weg räumen, damit wir uns dem großen Problem widmen konnten. Aber eine Frau hatte an jenem College ohnehin nichts zu suchen! Wenn das Wasser nicht gewesen wäre, dann etwas anderes.

Sie will sich bequemer legen, die Schmerzen gestatten es nicht.

Rosy! Namen machen aus Löwen Würmer. Hinter meinem Rücken haben sie getuschelt. Ich unterstriche meine weiblichen Eigenschaften nicht. Ohne Brille sähe ich sogar hinreißend aus. Ein Lippenstift wäre ein guter Kontrast zu meinem glatten schwarzen Haar, und mit einunddreißig Jahren trüge man nicht so phantasielose Kleider wie blaustrümpfige englische Teenager.

Dabei gibt es Wichtigeres! Den Kristall vom Molekül sollte ich untersuchen. Das konnte keiner dort.

Sie hustet.

Meinen Bedenken hatte er nie etwas entgegengesetzt, sondern sich einfach abgewendet. Jedes Mal!

Sie fühlt sich ohnmächtig und einsam, wenn sie daran denkt. Niemals in ihrem Leben hatte sie sich so einsam gefühlt wie damals, als es um das große Problem ging. Selbst jetzt nicht! Einsamkeit im Leben ist schlimmer als der Tod.

Wenn ich mehr Zeit hätte, dann könnte ich es ihnen noch einmal beweisen. Vielleicht war diese geschmeidige, unfassbare Wand zwischen ihnen doch zu durchdringen. Dann bekäme ich vielleicht sogar den Preis. Verdient habe ich ihn. Aber ich habe keine Zeit mehr!

Die Schmerzen im Unterleib werden unerträglich. Sie lacht ihnen entgegen. Soll der Krebs doch meinen Körper zerfressen, die Schmerzen in der Seele sind schlimmer.

Wasser! Keinen Tropfen werde ich mehr trinken, denkt sie. Meine Ideen, meine Ergebnisse, meinen Ruhm – alles haben sie an sich gerissen, und jetzt bleibt mir vielleicht eine Stunde, wahrscheinlich weniger. Die Schwester wird gleich mit den Medikamenten hereinkommen.

„Mrs. Franklin", wird sie sagen, „die werden ihre Schmerzen lindern."

Dabei fürchtet sie diese Schmerzen nicht.

Watson und Crick werden den Preis bekommen. Niemand wird daran denken, dass ich, eine Frau, ihn möglich gemacht habe. Phosphor und Zucker müssen außen liegen und damit das Rückgrad der Doppelhelix bilden! Die anderen haben das übernommen. Das ist auch nicht originell.

Ihr Atem geht schwer. Die Zimmerdecke wird schwarz.

Watson und Crick erhielten 1962 den Nobelpreis für Medizin und Physiologie für ihre Entdeckung über die Molekularstruktur der DNS.

Ballade vom Pfirsich

An einer Straße weit von hier
da stand ein Pfirsichbaum,
mit Ästen wie ein Krakentier,
als wollte er die Sonne fangen
und auch die kleinen Bienen,
die ihm so fleißig dienen.
Tief verwurzelt stand der Baum,
doch die Wurzeln sah man kaum.

Den ganzen Tag, die ganze Nacht
gab der Baum gut darauf acht,
dass alle seine Früchte
zunahmen an Gewichte.

Nur einer
fühlte sich kleiner
an eines langen Astes Ende.
Der jammerte und flennte.

"Gib mir von dem Wasser mehr",
schluchzte er.
"Du hast genug", brummte der Baum.
"Ich bin doch aber winzig kaum!"
"Die anderen nicht größer sind,
hab Geduld, mein liebes Kind."
Die aber hatte der Kleine nicht.

Und als die anderen schliefen,
zog er aus den Tiefen
des Baumes ungeheure Mengen
Wasser zu sich hoch.
Und am nächsten Morgen
war er fett geworden.

Der lange Ast, an dem er hing,
neigte sich hernieder,
und seinen kleinen Brüdern
wurde Angst und Bang.
Große Lastkraftwagen
rissen viele fort,
doch der dicke Pfirsich
wippte nur vergnüglich.
Er hing am sicheren Ort.

"Nimm bitte wieder ab",
piepsten all die Kleinen.
Der Pfirsich brüllte knapp:
"Papperlapapp!"

Der Dicke hatte seinen Spaß,
machte Leute gerne nass ,
denn durch seines Körpers Rille
ließ er Wasser laufen,
traf die Brille
manches Menschen,
der im Glauben

es würd regnen,
ärgerlich zum Himmel sah.
Doch da hing nur der Pfirsich
und lachte überschwenglich.

Die Welt ist groß,
die Welt ist weit.
Doch selbst ein Scherzbold soll erkennen,
des Weiten, Großen Endlichkeit.

Als die Mittagssonne brannte,
sah ein Vogel den gewaltgen
Pfirsich an dem Aste wippen.
"Hollala", sprach da der Vogel.
"Das ist doch einmal sehr nobel.
Einen solchen fetten Happen,
werde ich mir schnappen."
Sprachs und hackte ei der Daus
ein riesengroßes Stück heraus.

Obwohl der Pfirsich schrie und brüllte,
den Vogel störte dieses nicht.
Vögeln ist ganz einerlei,
dicker Früchte Schmerzgeschrei!
Der Pfirsich hing jetzt wieder höher,
und damit war sein Spaß vorüber.
Die Kleinen fühlten sich schon sicher!
Doch dann begann der Dicke
zu vergammeln in der Mitte.

Da alle Vögel,
können sie wählen,
niemals Verfaultem Vorzug geben
vor Flauschigem, Adrettem,
sah man hier und da
die Kleinen in der Not
springen in den Tod.

Zerquetscht,
mit aufgeplatzten Steinen,
die Kleinen
auf der Straße lagen,
während andere,
verschleppt vom wilden Tier,
nie mehr gesehen wurden hier.

Der Dicke war bald ganz für sich.
Gefallen tat ihm das wohl nicht,
denn es bereitet doch Verdruss
wenn man alleine Späße treiben muss.
Und als er schließlich merkte,
dass sich sein Stiel vom Ast ablöste,
bekam er auch noch große Angst.

Zu lange hatte er gehangen,
sich das Beste eingefangen,
um wie alle so erbärmlich
zu enden:
Profan und so unrühmlich!

Vom Baum gabs keine Hilfe nicht,
der gab kein Wasser mehr und spricht,
er würde Pause machen.
So lägen halt die Sachen!

Dem Pfirsich war schlussendlich klar,
dass so kein Sinn im Leben war.
Nur eins stand fest vor allen Dingen:
er würd sich niemals selbst umbringen.
Trotzig
und mit aller Gewalt,
hat er sich an den Ast gekrallt.
Ein Zeichen setzen,
Geschichte schreiben!
Er wollte für immer hängen bleiben.

Da hob an ein großes Beben.
Der Pfirsich sah den Wagen eben
noch am Horizont ganz klein.
Jetzt rauschte heran er mit Gegroll.
Immer näher. Unheilvoll!
Der Pfirsich klammerte gar sehr,
doch da war kein Halten mehr.
Seufzend stürzte er hinab.
Er sah das Führerhaus vorüberziehn,
dann schlug er auf der Plane auf,
hüpfte noch ein kurzes Stück,
fand dann Ruh in einer Delle.
Doch eine kurze Fahrbahnwelle

schoss ihn weg in einen Graben
am Straßenrand und weit, weit fort
von seinem Pfirsichheimatort.

Da lag er nun in all dem Müll,
und es beschlich ihn das Gefühl,
dass es nie wieder wird wie früher
mit all den vielen, kleinen Brüdern.
Sein Fleisch war abgerutscht vom Stein;
es wird nun bald zu Ende sein.

Doch was war das? Was war mit ihm?
Das Laub war weich und warm.
Ganz wie in seinem heilen Leib
an seines Vaters Arm.
Wenn ich noch etwas Wasser hätt,
das fehlte mir zu meinem Glück!
Doch kaum, dass er es angedacht,
war da ein Reißen und ein Zerren,
tief in seinem Innern.
Er konnte es nicht lindern.
Sein Stein zersprang
und dann begann
ein Wurm, ganz bleich,
aus des Steines Seele
fahren in das Erdenreich.
Wasser strömte in ihn ein,
und unter großer Qual,
brach er ein zweites Mal.

Es kam ein grüner Stiel in Sicht,
schraubt sich hinaus ins helle Licht.
Und nun war es gewiss:
Er würde nicht hingeben,
sein ach so teuer Leben.
Nein, er würde wachsen werden!

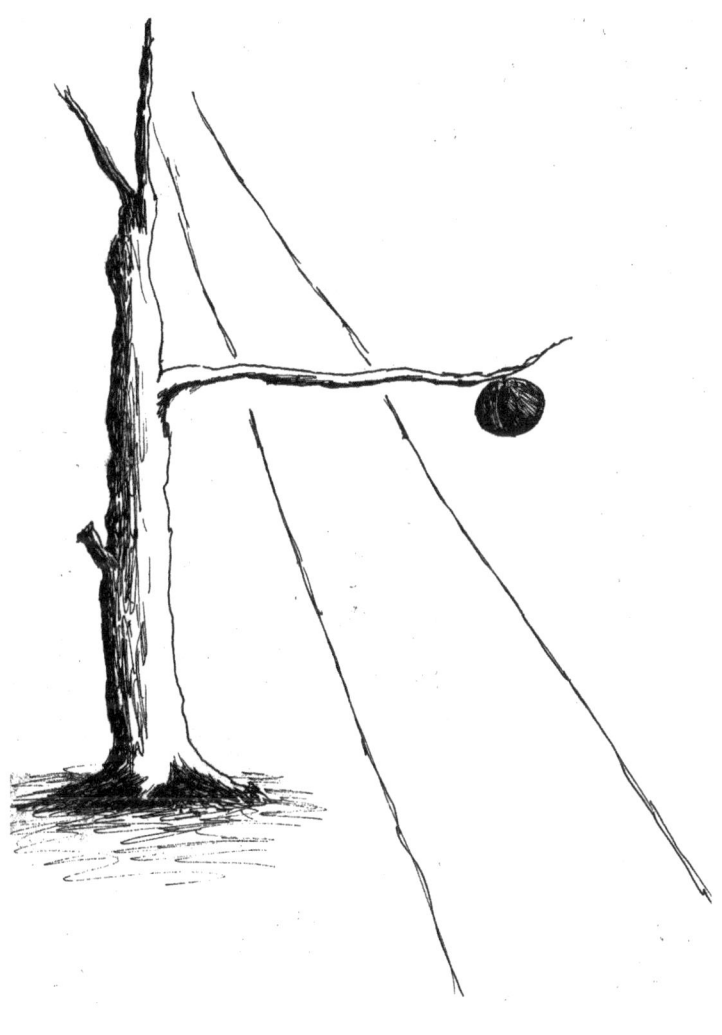

Von der anderen Seite

Um sich möglichst ungestört während seines Patrouille-fluges ein wenig Abwechslung zu gönnen, schaltete Astronaut Alpha alle Beleuchtungskörper aus. Im Raumschiff wurde es genauso dunkel, wie draußen vor den Gucklöchern. Dann legte er sich auf sein Sesselbett. Er schluckte diesmal zwei Traumkapseln, um die Wirkung zu verstärken, und ließ sich von ihnen auf den Planeten Rhotja entführen, der zu Hause auf Cirboon als der sinnlichste aller Planeten galt. Während sein Raumschiff also mit mehrfacher Lichtgeschwindigkeit durch das Weltall raste, sah Astronaut Alpha einer aufregenden Schönheit entgegen, die ihm allerhand aufregende Sachen zeigen würde. Doch als sich der Traum seinem Höhepunkt näherte, wurde Astronaut Alpha unsanft geweckt.

Die Alarmanlage röhrte kehlig. Astronaut Alpha sprang auf die Beine und ärgerte sich darüber, dass solche Dinge immer zu unpassender Gelegenheit auftreten. Aber ihm blieb nichts anderes übrig, als sich um den Defekt zu kümmern. Rhotja hin, Rhotja her!

Alle Dioden des Steuerpultes blinkten nervös. Alle! Am eindringlichsten blitzte dunkelrot die Ladekontrolleuchte. Das verriet ihm, dass die Warnsignale schon eine Weile auf Gefahr aufmerksam machten, aber erst jetzt durch den Nebel der beiden Traumkapseln gedrungen waren.

Er probierte Knöpfe, Hebel und Tasten, aber nichts passierte. Der Kommunikator blieb stumm, und der Blick in die zentrale Kontrolleinheit offenbarte ihm einen zusammengeschmolzenen Klumpen aus elektronischen Versorgungsleitungen. Reparatur ausgeschlossen. Keine Möglichkeit, das Raumschiff zu steuern! Das einzig funktionierende Instrument war der Velocimeter, denn er arbeitete mit der Energie der Sterne. Er zeigte eine relative Geschwindigkeit von einem zweihundertvierzig Millionstel der Lichtgeschwindigkeit an. Das Raumschiff bewegte sich also fast gar nicht mehr, und das war gut so, denn sonst würde es sich noch weiter von der Basis entfernen. Neben allen anderen Programmen hatte sich nämlich auch ein sehr wichtiges ausgeklinkt, denn Astronaut Alpha spürte zu seinem Entsetzen, wie sich die kosmische Kälte langsam einen Weg in das Innere des Raumschiffs bahnte.

Hoffentlich suchen sie mich schon, dachte er, während er fröstelnd seinen Raumanzug anlegte. Dann blickte er nach draußen. Das Muster aus Sonnen und Galaxien war ihm völlig unbekannt. Sollte er zu allem Unglück auch noch in ein Wurmloch geraten sein?

Er riss einen Stahlschrank auf, wühlte erst in einem Fach, dann in allen anderen und fand schließlich eine zerfledderte Karte. Sein Finger stieß auf die Stelle seiner letzten Position. Dicht daneben war ein heller Kreis. Ein Wurmloch! Er konnte wer weiß wo sein. Wenn er nicht so verflucht begierig auf den Traum gewesen wäre, hätte er diesen hellen Kreis auch auf der Karte des Steuerpultes, die ja jetzt nicht mehr zu gebrauchen war, bestimmt nicht übersehen. Ängstlich starrte er in die Unendlichkeit. Hier würde ihn niemand finden. Selbst wenn die Basis seinen Flug bis zum Wurmloch verfolgt und eine Rettungsmannschaft dorthin geschickt hatte, so war die Wahrscheinlichkeit, an derselben Stelle wie er auf der anderen Seite herauszukommen, gleich null. Wurmlöcher waren zwar bequem, aber nur die wenigsten kalkuliert zu passieren. Dieses gehörte nicht dazu!

Plötzlich sah Astronaut Alpha eine große, schwarze Kugel im Raum schweben. Er war nur noch wenige Quantren von ihr entfernt. Nervös fixierte er den Velocimeter. Da! Das Raumschiff war etwas schneller geworden und folglich von der Gravitation des schwarzen Planeten erfasst worden. Bald würde es direkt auf ihn zurasen. Wenn es eine Atmosphäre gab, ließe sich der Bremsfallschirm vielleicht von Hand auslösen. Und mit noch etwas mehr Glück würde er davor bewahrt, durch die Kälte des Universums in einen für sein Alter passablen, aber dafür steinharten Astronauten verwandeln zu werden.

Kräfte zerrten am Raumschiff, und es wurde sehr heiß. Doch das war normal für den Eintritt in eine wie auch immer geartete Atmosphäre. Es gelang Astronaut Alpha tatsächlich, den Bremsfallschirm auszulösen. Dann kam der Aufschlag! Astronaut Alpha wurde mit Wucht in ein Gummikissen geschleudert, das sich beim Bodenkontakt blitzartig aufgeblasen hatte. Dann prallte er in die wahrscheinlich staubigste Ecke des Raumschiffes zurück und fand dort seinen lang vermissten Chronometer wieder. Doch er konnte sich nur kurz darüber freuen. Während das Raumschiff die Oberfläche des Planeten durchpflügte, stieß es gegen irgendwelche Strukturen, woraufhin Astronaut Alpha hin- und hergeworfen wurde. Schließlich schlug er mit dem Kopf hart gegen die Wand und verlor trotz Helm für einige Zeiteinheiten das Bewusstsein. Wieder zu sich gekommen entdeckte er, dass sein Helmfenster sowie eines der Gucklöcher den Absturz nicht überlebt hatten. Das jagte ihm einen höllischen Schrecken ein, bis ihm klar wurde, dass die Atmosphäre nicht lebensfeindlich sein konnte, denn sonst säße er bereits bei seinen Ahnen.

Ihm war warm, und darum zog er den Raumanzug aus. Er kroch zum zersplitterten Guckloch und schob seinen Kopf ins Freie. Es war dunkel und still. Gegen die Atmosphäre zeichneten sich die Umrisse seltsam geformter Gebilde ab. Astronaut Alpha zückte den Lumator, um mehr erkennen zu können. Er drückte auf den Knopf, das Gerät ploppte traurig und unterstrich seinen Zustand mit einem matten Glimmen. Jetzt rächten sich die Momente, die Astronaut Alpha während der Vorträge über notwendige Ausrüstungsgegenstände und deren Wartung abwesend gewesen war.

Ärgerlich warf er den Lumator in die wahrscheinlich staubigste Ecke des Raumschiffs. Dann kurbelte er per Hand die Einstiegsluke hoch. Vor ihm breitete sich eine blauschwarze Landschaft aus. Das schwache Licht ferner Galaxien ermöglichte eine Orientierung. Astronaut Alpha schob eine dieser kleinen, sehr wirkungsvollen Waffen hinter seinen Gürtel. Ein Paket Nahrung und einen Beutel Wasser nahm er ebenfalls mit, denn trotz Atmosphäre konnte er nicht darauf hoffen, etwas von beidem zu finden. So ausgerüstet, trat er aus dem Raumschiff.

Der Boden unter seinen Füßen federte! Verwundert bückte er sich, um das Phänomen zu untersuchen. Als er glaubte, etwa eine Handbreit vom Untergrund entfernt zu sein, berührten ihn plötzlich zahlreiche tentakelartige Fortsätze. Erschrocken riss er seine Hand zurück, machte einen Satz nach hinten und flog zu seinem Erstaunen in hohem Bogen in die geöffnete Einstiegsluke. Er hätte daran denken müssen, dass seine magnetischen Schuhe außerhalb des Raumschiffes auf einem fremden Planeten wirkungslos sein könnten. Wie ihn der Vorfall belehrte, herrschten hier weit geringere Gravitationskräfte als auf Cirboon.

Die Fortsätze waren kühler gewesen, als es die Umgebungstemperatur hätte vermuten lassen, und außerdem schienen sie ein Sekret abzusondern, denn Alphas Hand war jetzt nass. Angewidert und ängstlich starrte er auf sie, die in dem spärlichen Licht feucht glitzerte. Hoffentlich war das Sekret nicht giftig oder ätzend! Er durfte nicht so unvorsichtig sein. Immerhin gab es eine Cheque-Liste, wie bei der Erkundung eines fremden Planeten vorzugehen sei. An erster Stelle stand dabei größte Vorsicht. Unglücklicherweise waren Planetenerkundungen nicht sein Spezialgebiet, und selbst die Besten benutzten ein Instrument, mit dem sie ohne Körperkontakt Informationen über fremde Strukturen erhalten konnten. Dieses Instrument hatte Astronaut Alpha jedoch für seinen Routineflug nicht dabei.

Das Sekret schien harmlos zu sein, denn Astronaut Alpha fühlte sich zwar schlecht, aber weder schlechter noch besser als zuvor. Sollte er es wagen, davon zu kosten? Die Cheque-Liste gab vor, dass er genießbare Flüssigkeit finden musste, Nahrung und vielleicht eine Möglichkeit, von hier fortzukommen. Vorsichtig roch er an seiner Hand. Geruchlos. Dann leckte er über den Handballen. Feucht, kühl und ohne Geschmack. Wenn es nicht so unwahrscheinlich war, dann konnte dieses Sekret Wasser sein! Damit wäre eines seiner Probleme gelöst. Doch es gab schließlich noch weitere, und um nicht bloß in der Gegend herumzustehen, machte er sich auf den Weg zu den seltsamen Gebilden.

Dieses Vorhaben war schwieriger als erwartet, denn er war unerfahren im Umgang mit weit geringerer Gravitation. So gerieten seine ersten Schritte zu mächtigen Sprüngen. Als es Alpha gelang, seine Schritte zu kontrollieren, war er den seltsamen Gebilden sehr nah gekommen. Sie erwiesen sich als mindestens zehn Mal so hoch wie er selbst. Mit zurückgelegtem Kopf starrte er an den bizarren Formen empor. Ein Gebilde war ganz besonders groß, und dieses beschloss er genauer zu untersuchen.

Seine Oberfläche war keineswegs glatt, sondern sah wie die mit Schluchten und Kratern gefurchte des Planeten Cauro aus. Alpha trat näher heran, aber ein beißender Geruch stieß ihn zurück. Der Geruch schien einer zähen, gelben Masse zu entströmen, die aus einer der Schluchten hervorquoll. Gelb? Alpha blickte sich um. Die Atmosphäre war heller geworden. Es gab hier also ein Zentralgestirn, um das sich der Planet herum bewegte. Cirboon hatte auch eines, aber Planet und Gestirn verhielten sich zueinander wie zwei Gegner. Keiner von beiden ließ den anderen je aus den Augen, und so lebten sie auf Cirboon an jener schmalen Grenze zwischen Gluthitze und Kälte, zwischen gleißendem Licht und tiefstem Schatten im Dämmerlicht.

Hier war die Atmosphäre dagegen nicht mehr nur schwarzblau, sondern es hatten sich orangerote Streifen darin gebildet. Astronaut Alpha verschlug es das Denken. Die Streifen griffen wie Arme bis zum Horizont, wurden dicker, teilten sich in Felder, die mit anderen verschmolzen. Gelbe Flächen mischten sich dazwischen, vereinzelt formten sich grünliche Flecken. Dann entstanden hellgraue Gebilde, die immer größer wurden, enger zusammenrückten und dadurch das Farbenspiel verdeckten. Als Astronaut Alpha aus seiner Versunkenheit auftauchte, hatte die Atmosphäre ein helles Graublau angenommen.

In diesem Licht sah er, dass das riesige Gebilde vor ihm nicht nur aus einer runzeligen Säule bestand, die nach oben hin immer mehr ausfranste, sondern dass auch der Boden von ähnlichen Fransen durchzogen war. Einen Teil seines Nahrungspaketes verzehrend schritt Alpha zwischen den Fransengebilden umher. Sie hatten erst leise, dann lauter werdend zu knarren und zu quietschen begonnen. Alpha musste lächeln. Die graugrünen Bodententakel beachtete er überhaupt nicht mehr, nachdem er entdeckt hatte, dass sie ihre Beweglichkeit Strömungserscheinungen der Atmosphäre verdankten. Er konnte zwischen ihnen jedoch andere Fortsätze erkennen. Einer von diesen war etwa halb so hoch wie er selbst. Er bestand aus zarten, drehrunden grünlichen Strukturen, war kühl, und am oberen Ende platzte auf einmal ein Daumennagel großer Knoten auf. Das darin enthaltene faltige Knäuel mutierte zu einer beinahe runden Plattform aus vier flächigen, hauchdünnen und tiefroten Membranen. Obwohl dieser ganze Prozess recht lange dauerte, konnte Astronaut Alpha sich nicht davon losreißen. Vor allem auch deshalb nicht, weil dem Gebilde ein betörendes Gas entströmte.

Plötzlich flog ihm eine winzige Maschine schnarrend vor das Gesicht. Er schreckte zurück. Dann kam ihm in den Sinn, dass das vielleicht ein Begrüßungskommando war. Trotzdem legte er vorsichtshalber seine Hand auf die Waffe. Ich sollte es von meinen guten Absichten überzeugen, dachte er unwillkürlich und hob darum seine andere Hand an die Stirn, denn so machte man das bei ihm zu Hause. Doch das Maschinchen ließ sich unbeeindruckt auf der Plattform nieder, fuhr einen winzigen Schlauch aus und steckte ihn an einer bestimmten Stelle in sie hinein. Ob das ganze Gebilde eine Art Treibstoffstation war?

Bald landeten weitere der kleinen Fluggeräte. Da sie von Astronaut Alpha beinahe keine Notiz nahmen, konnte er sie in aller Ruhe betrachten. Es waren Wunderwerke der Technik. Eine solche Präzision in diesem kleinen Maßstab hatte er noch nie gesehen. Auf Cirboon würde man ihm bestimmt nicht glauben, wenn er dort erzählte, dass es hier Maschinen gab, die mit durchsichtigen Tragflächen in alle Richtungen und sogar rückwärts flogen. Wenn er doch zumindest sein Aufnahmegerät mitgenommen hätte!

Eine Bewegung mischte sich in das Bild. Astronaut Alpha hätte sie fast gar nicht bemerkt, denn sie hatte im Hintergrund der Treibstoffstation stattgefunden. So unauffällig wie möglich verbarg er sich hinter einer Erhebung der Planetenoberfläche und beobachtete von dort, wie eine seltsame Kreatur in einiger Entfernung vorüberglitt. Er schätzte ihre Größe auf die Länge seines Unterschenkels. Sie war ganz offensichtlich behaart, aber nicht wie Alpha nur auf dem Kopf, sondern über den ganzen Körper. Zudem bewegte sie sich auf vier Beinen. Wie Alpha hatte sie zwei Augen, zwei Ohren und eine Nase, aber dafür eine sehr lange Zunge, die fast auf dem Boden schleifte. Die Oberseite der

Kreatur war rot, aber zur Unterseite hin wurde sie immer weißer. Die schlanken Beine waren sehr dunkel. Plötzlich wurde die Kreatur langsamer. Dann verharrte sie völlig, die Ohren nach vorn gestellt. Sie schien auf etwas zu lauern, und Astronaut Alpha fühlte eine starke Spannung von ihr ausgehen. Er ahnte, dass gleich etwas Dramatisches passieren musste. Plötzlich schnellte die Kreatur beinahe senkrecht empor, um dann mit allen vier Beinen gleichzeitig auf dem Boden aufzutreffen. Alpha hörte ein hohes, leises Fiepen. Im selben Moment wurden die knarrenden und quietschenden Geräusche um ihn herum lauter und ein Rauschen erhob sich, als eine große Zahl völlig anderer Wesen in die Atmosphäre aufstieg. Sie mussten in den Fransengebilden gesteckt haben. Die Kreatur blickte sich nach allen Seiten um und Astronaut Alpha, der mit weit aufgerissenen Augen über die Bodenerhebung starrte, wusste, dass er entdeckt war. Blitzschnell schnappte die Kreatur nach etwas am Boden und flüchtete damit.

Astronaut Alpha war wie versteinert. Offensichtlich war das hier eben ein Akt von Feindseligkeit gewesen. Er hatte das sehr gut verstanden, denn auch bei ihm zu Hause gab es das. Er musste damit rechnen, dass es hier Kreaturen gab, die selbst ihm gefährlich werden könnten. Er packte seine Waffe fester und sah sich entschlossen um. Er war allein bis auf die Maschinchen, den Wesen, die aus der Atmosphäre in die Fransengebilde zurückgekehrt waren, seinem Raumschiff am Ende einer gewaltigen Furche und – einem Kasten! Dieser stand vor der Spitze seines Raumschiffes. Mit vorgehaltener Waffe näherte er sich ihm.

In eine Metallkonstruktion waren Gucklöcher eingelassen. Eigentlich bestand der Kasten fast nur aus Gucklöchern, von denen eines durch das Raumschiff zerstört worden war. Die Einstiegsluke war beinahe so hoch wie der ganze Kasten. Das Metall musste einmal von einer gelben Schicht überzogen gewesen sein. Jetzt erinnerten nur wenige Stellen daran, und die waren durch die Oxidation des Metalls am Rand aufgewölbt. Im Innern konnte Alpha in Augenhöhe einen Metallwürfel mit ein paar Tasten erkennen. Wäre der Kasten nicht kaum höher als er selbst gewesen, hätte er wie ein Raumschiff der neueren Generation ausgesehen. Doch wenn das ein Raumschiff war, dann musste es hier auf diesem Planeten etwas geben, was damit herumflog oder zumindest herumgeflogen war, denn dieses Raumschiff war bestimmt nicht mehr flugtauglich. Immerhin hätte jemand damit genau wie er selbst notgelandet sein können.

Aber da war noch etwas in dem Kasten! Astronaut Alpha packte den Griff der Luke und zog daran. Knirschend öffnete sich die Luke. Er trat in den Kasten und griff nach dem Gegenstand, der auf dem Boden lag. Es war ein Buch! Zumindest muss der Gegenstand diese Bezeichnung vor langer Zeit einmal verdient haben, denn jetzt war von ihm nur noch ein Rest übrig. Die Seiten waren fast schwarz und aus einem Material, das so dünn war, dass es bei der leichtesten Berührung zerfiel. Lediglich der Deckel schien stabiler zu sein. Er war gelb, und es standen Wörter darauf. Astronaut Alpha trat Schweiß auf die Stirn. Er kannte zwei der vier Wörter! Eines der beiden war zwar völlig aus ihrem Sprachgebrauch verschwunden, aber es war eindeutig in seiner Sprache geschrieben. Dort stand in großen, schwarzen Lettern „Telefonbuch von Castrop-Rauxel"!

Und nun dämmerte es Astronaut Alpha. Dies musste der Planet sein, von dem die Urahnen erzählt hatten. Der, wo alles angefangen hatte und der nur in Märchen und Sagen überliefert war. Es musste die Erde sein!

Würgefeige

Tief im Tropenwaldesgrün,
wo kein Vogel ist zu sehn,
wo tausend Augen lauern,
wo Äffchen wachsam kauern,
wo Ameisen und Spinnen
eifrig hernieder rinnen,
wo Fröschlein giftig dümpeln,
in Blättertrichtertümpeln,
wo Licht und Boden alles nährt
und dennoch gar nichts ewig währt,
da haust die schlichte Mörderin!

Sie tötet nicht die Kleinen, Schwachen.
Sie hält sich an die Großen, Starken.
Irgendwann dort abgestreift,
ist sie bis jetzt herangereift.
Sie sitzt weit oben in dem Baum,
und läßt ein Seilchen, dünn, hellbraun,
ins Dunkel tief hernieder.
Das erste ihrer Glieder!
Bis hierher hat sie es geplant,
der Rest geschieht ganz unverwandt!

Kaum dass das Seil den Boden streift
wird es schon dick und bohrt und greift
hart in die karge Erde.
Es folgen dann noch viele mehr,
die bohren und wühlen und saugen
vor all den tausend Augen,
und pumpen ein Netz um den Baum herum
und flechten und ziehen und spreizen
in Trockenheit und Nässe,
wie die Hydraulikpresse.

Dem Riesen versiegt der Lebenssaft
durch solch schiere Würgekraft,
bis er endlich sterben muss,
an ihrem langen, harten Kuss.
Sie hat sich nichts dabei gedacht,
sie hat es nebenbei gemacht.

Fidschi

Wenn es einen Ort auf der Welt gibt, den ich für paradiesisch halte, dann diese winzige Insel mit ihrer Nachbarinsel im Pazifik. Trotz einer haiverseuchten Bucht scheint Douglas Adams' Antwort auf die Frage nach dem Leben, dem Universum und allem – 42 eben – hier ihre Entsprechung gefunden zu haben, denn Fidschi hat eine Bevölkerungsdichte von annähernd 42 Personen pro Quadratkilometer, und, es mag verrückt klingen, 42 ist beinahe die exakte Bevölkerungsdichte der Erde. Der ganzen, ganzen Erde! Das kann kein Zufall sein.

Meine Insel ist kaum größer als einen Quadratkilometer, und – jetzt treibe ich es auf die Spitze – es leben hier genau 42 Touristen, mich eingeschlossen, die sich bestmöglich aus dem Wege gehen und in lustigen Flechtkorbhütten sitzen. Trotzdem habe ich meine Insel mehrmals verlassen. Das erste Mal verließ ich sie vor fünf Tagen, und das kam so:

Ich stand gerade unter dem lauwarmen Strahl meiner Freiluftdusche, als plötzlich ein kugelrunder Insulaner von der Nachbarinsel vor mir stand. Dabei ist zu sagen, dass früher eben diese Nachbarinsulaner einen bizarren Sport betrieben, der den Verzehr eines Einwohners meiner Insel zum Ziel hatte. Zuvor wurden dem Unglücklichen seine eigenen gerösteten Finger als Henkersmalzeit angeboten.

Hoffentlich ist er kein Sportler, dachte ich also unwillkürlich, aber er wollte mich nur zu einer Feierlichkeit einladen und meinte, das sei hier so üblich. Das Eingeladenwerden, und nicht das Unter-der-Dusche-Stören. Er würde mich bei Sonnenuntergang am Achtzehnten des Monats abholen. Ich war aufgekratzt wie nie, denn der Insulaner sah genau so aus, wie Insulaner in meiner Phantasie aussehen. Wie eine dieser ausgestorbenen mauritischen Riesentauben nämlich. Ich freute mich in der Hoffnung, möglicherweise in geheime Riten eingeweiht zu werden. Doch darauf konnte ich lange warten, denn als ich am Achtzehnten am Bootssteg stand, war weder der Insulaner, noch seine ganze Familie noch eine Mädchengruppe mit Blumenkränzen – was ich insgeheim gehofft hatte – anwesend und sollte auch nicht erscheinen.

Dafür erschien der Insulaner am Morgen darauf unter meiner Dusche. Ich nenne ihn einmal Fred, denn so hatte er sich mir vorgestellt, aber bestimmt war sein Name viel komplizierter, und er hatte sicher nur aus Höflichkeit diesen für mich eingängigen gewählt. Ich glaube ihm auch nicht, dass er am Steg gewesen war, eine Viertelstunde auf mich gewartet und es nicht gewagt hatte, mich abzuholen. Auf meine Bemerkung, das hätte er ruhig tun können, antwortete er, das sei nicht gut, nicht um diese Zeit, denn die sei heilig und ein Verstoß sei ein Verstoß gegen das Nach-Sonnenuntergang-Tabu. Erstaunlich für jemanden, der urplötzlich unter meiner Dusche steht!

Er meinte, dass ich es mir beim letzten Mal wohl anders überlegt habe. Sie würden das akzeptieren, denn jeder könne hier tun, was er für richtig halte. Sie würden sich jedoch freuen, wenn ich am Einundzwanzigsten zu ihrer kleinen Feierlichkeit kommen könnte.

Ich beteuerte, dass ich beim letzten Mal vergeblich auf *ihn* gewartet und schon ein Unglück befürchtet hätte. Gerne würde ich aber seiner Einladung folgen. Am Einundzwanzigsten!

Nun, er war wieder nicht da! Diesmal war ich sogar eine ganze Viertelstunde vor Sonnenuntergang am Steg. Außer einem blöden Absuchen des Meeres blieb mir nicht viel zu tun. Man sagt, dass diese Insulaner mit Zeit eigentlich nichts anzufangen wissen.

Am folgenden Tag fand ich einen Zettel an meinem Duschkopf mit der Botschaft, am Vierundzwanzigsten würde Fred mich vor Sonnenuntergang abholen. Sie werden lachen, aber meine anfängliche Behauptung, ich hätte die Insel schon mehrere Male verlassen, war eine Lüge. Ebenso die Behauptung, dass ich wohl im Paradies sei, denn von Tag zu Tag verwandelte es sich in eine bloße Kulisse hinter meinem Ärger. Man lädt nicht Leute ein und lässt sie dann an einem Haifischbecken stehen! Mehrfach!

Alles andere ist hingegen bittere Wahrheit.

Vorhin drückte ich mich am Strand herum, um Muscheln zu suchen. Plötzlich hörte ich ein Boot näher kommen. Es legte an, es war Fred. Er hatte ein paar kugelrunde Freunde mitgebracht. Er grinste, dass ich es ja doch noch geschafft habe. Aber morgen sei doch erst unser Termin, warf ich ein. Da müsse ich mich aber irren, lächelte Fred und gebot mir einzusteigen.

Es ist ein schönes Fest unter dem Motto *Fidschi den Fidschianern*. Mir wird die Wiederherstellung eines Fidschi mit den Grenzen von 1842 nahegebracht, jener Zeit also, als die Datumsgrenze die Insel Tavenui durch- und den Steg von meiner Insel abschnitt. Erklärung genug für unsere verpassten Treffen. Damals war der Tourismus unbekannt und der sogenannte Schädelknacker, ein Stein mit eindeutigem Namen, zentraler Bestandteil ihrer sportlichen Aktivitäten. Gerade sehe ich, wie er herbeigetragen wird. Traurig blicke ich auf meine Finger.

Im Blick des Auges

Morgen soll die Welt untergehen. Ben langt tief in das Schubfach hinein, ertastet den winzigen Hebel, legt ihn um und will sich gerade daran machen, den doppelten Boden herauszukanten, als es an seine Kabinentür klopft.

„Moment!", ruft er, zieht seinen Arm aus dem Fach, schließt es eilig und stellt sich mitten in den Raum.

„Ja, bitte?"

Die Tür schiebt sich samtig beiseite.

„Ah, Lilian", stößt Ben erleichtert hervor.

„Hallo Ben."

Er hat nicht mit ihr gerechnet. Er hatte sie zwar eingeladen, aber er hat nicht mit ihr gerechnet, und das nicht nur, weil er es ihr über die Köpfe der Menge, die auf ihrem Weg in die Schutzzonen war, zugerufen hatte, und seine Einladung im Gescharre untergegangen sein mochte.

Sie sind Schafe, hatte Ben gedacht. Sie folgen den Anweisern, wohin diese sie führen. Sie lassen sich auf Scheinwelten ein, sie feiern ohne Unterlass, sie nehmen Drogen, sie haben wohl einfach nur Angst. Sie haben alles Brennbare an Sammelstellen abgegeben, weil ihnen eingeredet worden war, nur das könne sie vor dem Kältetod retten. Es gibt viele Denunzianten.

Ben muss vorsichtig sein, denn er hat etwas, das er nicht haben darf.

Vor allem hat er nicht mit Lilian gerechnet, weil er sich über sie beide nicht im Klaren ist. Sie hält ihm zwar oft einen Platz in der Kantine frei, aber das kann reine Gewohnheit sein.

„Was gibt es? Was wolltest du mir zeigen?", fragt sie.

Ben holt ein Bündel, lang wie sein Unterarm, aus einer Ecke des Raumes und legt es vor Lilian auf den Tisch.

„Was ist das?"

„Das ist ein Bäumchen", erklärt Ben.

„Oh ..."

„Es ist ein Apfelbäumchen."

„Ein was?"

„Phytobasierte Struktur mit nutritorisch wertvollem Gehalt in den Früchten ... da werden Äpfel dran wachsen."

„... da wird was dran wachsen?"

„Runde, saftige Dinger mit einer wachshaltigen Schale, mit Kernen ... aus denen wird der Saft gemacht. Der echte!"

„... und was willst du damit?"

„Ich werde es einpflanzen."

Lilian kneift ein Auge zu.

„Wozu?"

Ben zuckt mit den Schultern.

„Es gibt ja sonst nichts mehr zu tun."

Er wendet sich wieder dem Schubfach zu, langt tief hinein, findet den winzigen Hebel.

„Da ist es!"

Er zieht ein Buch hervor.

„Du hast ein Buch?", staunt Lilian. „Ein Bäumchen und ein Buch? Du wirst hingerichtet für so was!"

„Ich dachte, ich brauche eine Anleitung ... oder hast du eine Ahnung, wie man es einpflanzt?"

Lilian schüttelt den Kopf.

„Du machst das doch nicht wegen morgen?", fragt sie.

„Bis dahin würden sowieso kein Apfel daran wachsen", entgegnet Ben.

Er öffnet das Buch.

„Wie lange würde es denn dauern, bis etwas wächst?", fragt Lilian.

„Mindestens fünf Jahre."

„Fünf Jahre! Ich meine ja nur ... wegen morgen."

Wegen morgen waren allerhand Sachen unternommen worden. Alle aussichtslos. Wie sollte man auch einen Planeten wie den Jupiter von seiner Bahn ablenken? Dafür hatte es vor gut sechshundert Jahren eines Kometenbombardements bedurft. Shoemaker-Levy 9 hatte man die Trümmer genannt, und das Ereignis war weltweit gesendet worden. Niemand hatte damit gerechnet, dass die Explosionen ausreichen würden, den Giganten um ein winziges Maß aus seiner Bahn zu lenken. Aber genau das hatten sie getan. Die Wissenschaftler hatten vom *Schmetterlingseffekt* gesprochen, demzufolge der Flügelschlag eines winzigen Insektes die Großwetterlage beeinflussen kann. Angesichts des

Jupiters war der Komet, der sich kurz vor seinem Aufprall in eine Spur heller Punkte aufgeteilt hatte, ganz sicher ein Winzling gewesen. Später war jedem klar geworden, was der Winzling angerichtet hatte. Jupiter hatte bald groß wie der Mond am Himmel gestanden, und sein seit einer Ewigkeit tobender Sturm, ein riesiges, ovales Inferno, schien die Erde wie ein rot geädertes Auge anzustarren.

„Ich müsste jetzt eigentlich alles beisammen haben", murmelt Ben. „Einen Kübel, Nährlösung, Halteklammern, eine Lichtquelle ..."

„Wie bist du da nur dran gekommen?", fragt Lilian.

„Ich kenne da einen in der Phytosektion ... den habe ich ein paar Mal besucht, und jedes Mal habe ich etwas anderes ..."

„Du hast es geklaut?", ruft Lilian.

„Und wenn schon", nickt Ben.

Die von der Phytosektion hatten die Wurzeln mit Aluminiumfolie umwickelt, und Ben legt sie jetzt frei. Hauchdünne Fäden hängen triefend vor Nässe am lächerlich dünnen Stiel, und oben sitzen drei Blätter. Ein paar Knospen werden wohl bald aufplatzen. Vielleicht noch heute, denkt Ben. Werden aber wohl auch nur Blätter. Er schüttet etwas von der Nährlösung in den Kunststoffkübel.

„Hättest du gedacht, dass das alles einmal so enden wird?", fragt er.

„Was redest du denn da? Natürlich habe ich gedacht, dass das einmal so enden wird. Jeder hat das gedacht.

Wir durften nicht mehr sagen, dass wir es nicht mehr erleben werden. Wir wussten, dass wir es sein werden, die das Ende mitbekommen."

„Ja, ja. Aber hast du wirklich daran geglaubt?"

„Ben, wir haben doch schon an so vieles geglaubt", meint Lilian. „Wir haben an Götter geglaubt, wir haben den Wissenschaftlern geglaubt, und schließlich an die Katastrophe. Es sieht ganz so aus, als hätten wir uns jetzt einmal richtig entschieden."

Ben nickt. Jupiter war der Erde näher gekommen, unaufhaltsam wie ein Gewitter. Irgendwann hatte seine Gravitation die Erde gepackt. Die Tage waren länger geworden, erst nur ein paar Minuten, dann Stunden. Inzwischen dreht sich die Erde fast überhaupt nicht mehr. Es ist sehr kalt da draußen, jenseits der Klimaschilde, denn die Erde war durch Jupiters Annäherung ein klein wenig aus ihrer Bahn von der Sonne weggelenkt worden. Bens Ururgroßvater war an der Entwicklung der Klimaschilde beteiligt gewesen. Die Schilde versperren die Sicht auf das Firmament, was gut ist, denn seit den letzten dreißig Jahren besteht der Himmel fast nur noch aus Jupiter. Es gab einige, die hatten sich nach draußen vor die Schilde getraut, und sie waren zitternd vor Kälte und Angst zurückgekehrt.

Fieberhaft war eine Möglichkeit zur Flucht ausgearbeitet worden, die in der Montage eines Raumschiffes im Orbit bestanden hatte. Aber da passten nur knapp 300 Menschen hinein. Um diese paar Plätze war ein

Krieg entbrannt, bis man seine Sinnlosigkeit erkannte. Seltsam genug. Noch seltsamer war dann die Mischung der Passagiere gewesen, die auf das Raumschiff gebracht worden war. Allesamt Leute mit viel Geld, aber niemand unter ihnen hätte auch nur eine Glühbirne wechseln können. Vor etwas mehr als sechzig Jahren war das Raumschiff mit dem Namen *Future of mankind* gestartet. Die da oben kämpften seitdem gegen die Gravitationskraft, und wenn es ganz schlecht lief, dann würden sie als Erste in den Jupiter stürzen.

Ben lacht kurz, trocken und böse.

„Ich finde es toll, dass wenigstens einer noch etwas tut", hört er Lilian flüstern. „Es bringt zwar nichts, aber es lenkt von dem Ganzen ab."

Ben hatte diese Sache lange geplant. Sie war ihm in den Sinn gekommen, nachdem er einen alten Spruch gelesen hatte. Irgendwer hatte einmal gesagt, dass er heute ein Apfelbäumchen pflanzen würde, wenn morgen die Welt unterginge. So ein Idiot, hatte Ben gedacht. Aber morgen würde die Welt untergehen, und genau heute würde Ben ein Apfelbäumchen pflanzen. Absurd. Inzwischen hält er es für dermaßen absurd, dass es schon wieder einen Sinn ergibt. Das Leben hatte erwiesenermaßen irre lange für seine Entwicklung gebraucht, jetzt sollte es mit einem Schlag ausgelöscht werden. Wenn also auch dem Wesen, das sich wahrscheinlich als einziges überhaupt mit dem Sinn der ganzen Sache auseinandersetzen kann, ein Ende gesetzt wird, dann liegt da so viel Absurdes drin, dass man dem nur eine mindestens genauso absurde Sache entgegenhalten kann.

Ben untersucht die Klammern. Kleine, federnde Stahlkonstruktionen, die das Bäumchen in einer Position über der Oberfläche der Nährlösung halten sollen. Im Moment weiß er nicht, wie sie anzubringen sind.

„Gib mal her."

Lilian nimmt ihm die Klammern aus der Hand.

„So müsste es gehen", meint sie.

Vielleicht ist es ganz gut, dass morgen alles vorbei sein wird. Nicht wenige empfinden es als eine Art Erlösung. Ben hängt die kleine Kreatur mit ihren Wurzeln in die Nährlösung. Beinahe glaubt er zu hören, wie sie die Flüssigkeit aufsaugt, eifrig, zuversichtlich, ja, sie erweckt den Anschein, als würde ihr dies alles Spaß machen.

Du dummes Ding, denkt Ben. Du ahnst noch nicht einmal, was ich weiß. Du tust einfach das, was Bäume immer getan haben. Für einen Moment ist Ben sogar etwas eifersüchtig auf das junge Wesen, das da in dem Plastikkübel vor sich hin lebt.

„Braucht es nicht auch Licht?", fragt Lilian. Sie hockt fasziniert vor dem grünen Geschöpf.

„Ach ja ... natürlich", meint Ben.

Er hängt die Tageslicht emittierende Lampe an einen Haken an der Decke über dem Pflänzchen, steckt den Stecker in die Dose und schaltet die Lampe ein. Sie leuchtet. Erstaunlich, denkt Ben, die Solaraggregate funktionieren wohl noch. Was das Bäumchen jetzt wohl denken mag. Vielleicht Folgendes: Jetzt habe ich Wasser, Nährstoffe und Licht – beste Voraussetzungen für ein erfolgreiches Wachstum. Da kann ja eigentlich nichts mehr schief gehen. Ich sollte mich fortpflanzen.

So kann man sich täuschen, denkt Ben. Aber vielleicht wird ja auch nicht alles mit einem Schlag zu Ende sein. Vielleicht wird gerade dieses Bäumchen seine erste Blüte erleben. Vielleicht hatte sich wieder jemand geirrt. Aber wer sollte es dann befruchten? Hier gibt es kein anderes Apfelbäumchen! In den Plantagen weht zumindest ein Wind.

„Und jetzt?", fragt Lilian.

„Wir gehen zu den Sternen."

Gedenktag

Wenn sich Malte Sörensen am Morgen erhebt, dann beginnt er für gewöhnlich sofort zu fluchen.

Das kreisende Licht auf der Spitze des Turms hat ihm die Nacht verblitzt. Bei Nebel tutet zusätzlich in regelmäßigen Abständen das Horn.

Für gewöhnlich bollert er auch griesgrämig in dem kleinen, runden Zimmer herum. Der Ofen ist über Nacht ausgegangen. Auch der Kaffee, das Brot und die Wurst sind ausgegangen. Freitag! Erst nachmittags wird wieder etwas gebracht. Sie wagen es nur einmal die Woche. Die Strömung ist zu gefährlich.

Andere zogen in die Stadt, andere kehrten zurück von Reisen oder bestandenen Kämpfen. Andere hatten auch eine Familie. Keine Frau hatte jedoch mit ihm dieses kleine runde Zimmer ohne Sicherheit und Möglichkeiten teilen wollen. Jedenfalls keine nach der Einen mehr!

Malte Sörensen blickt aus dem winzigen Fenster.

Das Meer: Wasser, dem das Inselchen mit dem Turm ausgeliefert ist. Wasser, mit glibberigem, ringeligem, schleimigem Getier darin, das sich längst über sie hergemacht hat. Wasser bis zum Horizont, das seiner Welt ein Ende setzt, oft weiß von Gischt, über die man flüchten möchte. Wehe dem, der es versucht!

Bei Sturm verschwindet die Grenze zwischen Himmel und Meer. Ein grauschwarzes, Land fressendes Inferno. Malte Sörensen glaubt dann ihre Schreie zu hören, als das Meer ihr kleines Boot wie Stanniol zerdrückte, und verflucht den Tag um so heftiger, da man ihn hierher gesetzt hat.

Die Hühner: Sie haben ihm ein paar zur Gesellschaft da gelassen, aber was sind Hühner für einen Mann? Sie gackern und kratzen und picken den ganzen Tag vor dem Turm im Sand. Gackernde Gischtflocken.

Von all dem war damals nicht die Rede gewesen. Nur von dem Turm hatten sie gesprochen und dass einer die Arbeit machen muss.

Kurz vor Mittag öffnet Malte Sörensen wie gewöhnlich den Schrank und entnimmt ihm den Karabiner. Gut geputzt und geölt wartet der darauf, dass er gebraucht wird. Heute legt Malte Sörensen die eine goldene Patrone mit der Spitze in die Waffe. Schwerer ist sie, und sie scheint auch goldener zu glänzen als die gewöhnlichen ohne diese scharfe Spitze. Er lädt durch, es klackt satt.

Für den Moment am Mittag richtet er sich her. Er macht den obersten Hemdknopf zu, steckt das Hemd in die Hose, wischt einmal über die Schuhspitzen, streicht sich das Haar zurück und schultert die Waffe. Jetzt ist er bereit hinauszugehen. Er öffnet die Tür und blickt am Meer vorbei wie am Tod. Er weiß, es ist da, aber jetzt ist nicht seine Zeit.

Im Kopf einen Trommelwirbel schreitet er an der Abbruchkante entlang bis zum Fahnenmast. Dort macht er Gewehr bei Fuß, salutiert und hebt sich dann den kühlen hölzernen Schaft an die Wange. Er zielt ziemlich genau fünfzig Grad in die Luft. Er entsichert.

Damals hätte er den Karabiner mit solch einer Patrone gebraucht, um die Hölle durchdringen zu können. Sie haben ihm später diesen zugeteilt und ihm einen Schuss am Tag befohlen. Für alle Fälle. Aber die gewöhnlichen, schlicht verpuffenden Patronen hätten damals ohnehin keine Hilfe gebracht. Welch ein Glück, dass die Päckchen beim letzten Mal nicht genau kontrolliert worden waren. Diese eine war dazwischen geraten, ein absoluter Zufall! Jetzt würde er eine einzige Sache ein einziges Mal richtig machen können.

Er steht also da, mit der Waffe am Gesicht, dem Land zugewendet und wartet. In der Ferne schlägt die Kirchturmuhr Mittag. Gerade wenn der letzte Schlag verklungen ist, bricht auch der Trommelwirbel ab. Jetzt drückt Malte Sörensen den Abzug.

Es ist ein trockenerer, schärferer Knall als gewöhnlich, der das zähe Schwappen des Meeres und das Gackern der Hühner übertönt. Der Rückstoß schlägt ihm Schulter und Kopf zurück, zerzaust sogar das Haar. Ein Wölkchen mischt sich in den Himmel, ein flüchtiger Fleck. Das Geschoss hingegen rast in perfektem Parabelflug dem Land entgegen. Vielleicht wird es etwas treffen, vielleicht sogar ein Huhn auf dem Marktplatz. Das wäre immerhin etwas!

Malte Sörensen steht schon wieder mit der Hand an der Stirn, wenn das Land das Echo zurückwirft. Er ist sehr zufrieden.

Während er gemessenen Schrittes zurück zum Turm schreitet, dringt das Meer schon wieder in sein Gemüt, trügerisch und tückisch bei aller Schläfrigkeit. Er legt den Karabiner auf den schweren Holztisch und ergreift Lappen und Ölflasche. Noch eine gute Stunde hat er zu tun, bevor er wieder fluchen wird.

Morgennot

Nieselregen hatte eingesetzt, und ein mäßiger Wind trieb ihn durch die kurze Allee. Herr Funke stand am Küchenfenster und sah die alte Frau mit ihrem Dackel, von ihrem Regenschirm halb verdeckt, wie einen schiefen Pilz dahinziehen. Sie würde bis zum Kiosk zuckeln, eine Zeitung kaufen und dabei ein Schwätzchen halten. Der Dackel würde neben ihr stehen, alt, mit zitternden Hinterbeinen und versuchen, die Zeit zum Rückweg durch gelegentlich leichtes Zerren an der Leine zu verkürzen. Das war jeden Morgen so.

Als sie den Bordstein vor dem Kiosk erklomm, wendete sich Herr Funke dem Kühlschrank zu, klaubte dort nach zwei Eiern und stach sie mit einer Nadel am stumpfen Ende vorsichtig ein. Ja, so ein winziges Loch hatte einen großen Vorteil!

Wenn er den Berichten Glauben schenkte, dann bestand die ganze Welt zum weitaus größten Teil aus Löchern. Es ist eine Frage der Dimension. Das Gehirn verwandelt das Raster aus unfassbar Kleinem in Formen wie beispielsweise diese Kaffeefilter. Herr Funke zog einen davon zwischen anderen hervor und betastete ihn nachdenklich. Gerade dieser Filter musste auch größere Löcher enthalten, denn sonst könnte er die ihm zugedachte Aufgabe nicht erfüllen.

Natürlich hatten Löcher nicht nur ihr Gutes. Einige Löcher machten ihm sogar Angst. Schwarze Löcher zum Beispiel. Alles sollten sie verschlingen, nichts wieder herauslassen. Dort, wo Löcher nicht erwünscht waren, verlangten sie nach großer Energie, die zum Zustopfen verwendet werden musste. Das begann beim Loch in der Socke und endete mit dem Loch in der Kasse. War nicht auch er selbst sein ganzes Leben auf der Suche nach Löchern gewesen, die unerwünscht und darum zu stopfen waren?

Der Regen war stärker geworden und prasselte gegen die Scheibe. Herr Funke blickte zum Fenster. Im Grunde ein Loch in der Mauer, und die Löcher der Scheibe waren so winzig, dass weder Luft noch Regen hindurchdringen konnten. Selbst zwischen den Regentropfen draußen waren Löcher, allerdings zu kleine, um trocken zu bleiben. Ein Tier von der Größe einer Milbe hätte aber sehr wohl die Möglichkeit, ohne Schirm durch dieses Wetter zu laufen, vorausgesetzt, so überlegte sich Herr Funke, es würde den Tropfen schnell genug ausweichen können. Außerdem müsste es eine Zeitung haben wollen, denn sonst brauchte es den Weg zum Kiosk nicht zu unternehmen.

Herr Funke lächelte bei dem Gedanken und häufelte Kaffeepulver in den Filter. Dabei tauchte die alte Frage auf: Was war wichtiger? Das Loch oder sein Rand? Ohne Löcher würde das Wasser nicht durch den Filter rinnen können, ohne deren Ränder gäbe es keinen Filter. Streng genommen sollte aber selbst der

Rand eines Loches aus Löchern bestehen, denn jedes Atom enthält nur einen Bruchteil von dem, was gemeinhin als Materie verstanden wird. Alles ist durchsiebt, konstatierte Herr Funke und goss Wasser in die Kaffeemaschine. Für den Moment fühlte er sich wie ein Menschensieb, das ein Kannensieb hielt, gefüllt mit einem Wassersieb, und ein Kaffeesieb mit einem Kaffeemaschinensieb kochen wollte, das auf einem Küchenschranksieb stand!

Herr Funke erschauerte bei der Vorstellung. Einen Augenblick hatte die Welt ganz anders ausgesehen. Tiefer, einfacher. Beinahe andächtig legte er vier Brötchen zum Aufbacken in den Ofen.

Ein mächtiger Schlag ließ den gerade zu rauschen beginnenden Topf auf dem Herd, die Kaffeemaschine und Herrn Funke erbeben. Sekunden später vernahm er Schreie auf der Straße. Er stürzte zum Fenster.

Dunkler Staub erfüllte die Luft, wurde durch den Regen rasch auf die Straße gerissen, und so zeigte sich erst schemenhaft, dann deutlich ein riesiges Loch, das sich etwa eine Fußbreite vom Kiosk entfernt aufgetan hatte. Die Kioskfrau lehnte in ihrer schmalen Luke und starrte von dort in den gähnenden Schlund, der drei Alleebäume, gute vierzig Meter Straßenbelag und Gehwegplatten, die Telefonzelle, den Stromverteilungskasten und eine Straßenlampe verschlungen haben musste, denn von all dem war nichts mehr zu sehen. Auch von der alten Frau und ihrem Dackel nicht. Sirenen heulten in der Ferne auf und näherten sich schnell.

Herr Funke sank auf einen Küchenschemel. Berg-schäden. Für die Gegend eine ständige Bedrohung. Al-te, notdürftig verfüllte Schächte geben statisch nach und das Erdreich rutscht hinterher. Ein Loch tut sich auf. Ein Loch in die Vergangenheit, das die Gegenwart verändert.

Das Loch mochte über dreißig Meter tief sein, und ganz unten musste sie mit dem Dackel liegen.

Herr Funke schüttelte die Lähmung ab, warf sich hastig seinen Mantel über und stürzte vor die Tür. Nur wenige Schritte über die verschmutzte Straße, dann erreichte er den Rand des riesigen Loches. Ihm war, als hätte es ein anderes, noch tieferes in sein Herz gerissen. Sie, die seine Beständigkeit und seinen Rhythmus geprägt hatte, war verschwunden. Seine Frau!

Jemand tippte ihm auf die Schulter. Herr Funke fuhr herum.

„Was ist denn passiert?"

Wie ein schiefer Pilz stand seine Frau mit dem Dackel vor ihm.

„Ich bin doch nur einmal kurz ums Viertel gegangen."

Dem Loch war die Stromleitung zum Opfer gefallen, und darum bestand das Frühstück für Herrn Funke und seine Frau aus einer halben Tasse Kaffee und sonst gar nichts.

Kirchgang

„Ich habe doch alle Lichter gelöscht, Kätchen?"

Natürlich hat er das, obwohl ihr gerade heute nicht danach zumute war; sie hätte lieber den Lichterbogen im Fenster leuchten lassen, denn dann konnten die Nachbarn zumindest glauben, dass ihre Wohnung auch heute belebt ist.

Wenn er sie doch nicht immer Kätchen nennen würde. Sie fühlt sich dann klein, weil auch ihre Mutter sie so genannt hat. Löwen werden zu Kätzchen, wenn man es ihnen nur oft genug sagt. Dabei weiß sie, dass er eigentlich nicht sie meint. Er sagt es, weil er glaubt, es gehöre dazu.

„Ich finde, so ein Spaziergang nach fettem Essen tut gut."

Er liebt fettes Essen. Die Gans, für die sie stundenlang in der Küche gestanden hat, hat er sich in seinen breiten Mund geschaufelt. Ohne ein Wort, ohne eine Geste, nur gierig, dazu mit einem Auge beim Fernseher, der ihnen Weihnachtsklänge in die Stube trug. Auch die liebt er. Weihnachtsklänge. Weiß der Himmel warum ausgerechnet die.

Danach seine Leberkapseln, die sie wie immer für ihn bereitgehalten hat. Auch die hatte er gierig und hastig hineingeworfen. Ohne die könnte er das fette Essen nicht vertragen. Ohne die würde sein Blutdruck zu stark ansteigen. Ohne die würde er gar nicht mehr leben.

Sie zieht sich den Schal enger um den Hals und vergräbt ihre Hände samt Handschuhen in den Manteltaschen. So folgt sie ihm, etwas versetzt, mit ein wenig Abstand, mühsam.

Denn er schreitet kräftig aus, macht viel größere Schritte als sie und merkt so nicht, wie sie zurückfällt. Bald wird er irgendwo stehen bleiben, dann kann sie aufschließen, aber darauf wartet er nicht. Er läuft immer schon weiter, wenn sie ihn fast erreicht hat.

Es kommt ihr oft vor, als sei er ein großer Hund, der seinem Herrchen vorausläuft, bis er etwas Interessantes gefunden hat, um es zu beschnuppern. Aber sie ist nicht sein Herrchen. Sie ist nur seine Frau. Für ihn ist sie der Hund.

Er ist ein großer Mann. In seinem schwarzen Mantel und mit dem Hut auf dem Kopf wirkt er sogar noch größer. Das hat es ihm stets leicht gemacht, andere zu beeindrucken. So wie er sie beeindruckt hatte. Damals.

Jetzt saugt er die eiskalte Luft ein, seine Nasenlöcher klaffen wie bei einem Pferd, und er bläst die Luft lautstark in die Nacht. Alles, was er tut, tut er lautstark. Er hustet, lacht, niest, ja er schläft sogar lautstark, selbst wenn er nicht schnarcht. Er liebt auch große Gesten. Seine Arme scheinen die ganze Welt umarmen zu wollen. Je länger er redet, umso mehr Raum nimmt er ein. Und er redet viel und laut.

„Ich denke, heute Nacht wird es noch kälter werden", sagt er über die Schulter hinweg, als hätte er das zu ihr gesagt, aber tatsächlich sagt er es nur so dahin, weil er Stille nicht ausstehen kann. „Sie haben Schnee angekündigt."

Wenn es das Wetter nicht gäbe, dann hätte er gar nichts mehr zu beobachten. Dabei hat er sein Leben lang beobachtet, schließlich war er Chemiker, Institutsleiter noch dazu und musste immer auf der Höhe sein. Seit er in Rente ist, hat er sich auf das Wetter eingeschossen. Wenn sie Besuch bekommen, fragt er immer zuerst, wie denn das Wetter dort, wo die Besucher hergekommen sind, zur Zeit ihrer Abfahrt gewesen sei, um dann zu prognostizieren, wann dieses Wetter hier eintreffen werde oder, wenn sie entgegen der Zugrichtung des Wetters gefahren sind, um zu bestätigen, dass es bereits hier gewesen sei. Ob die Besucher eine problemlose Fahrt hatten, fragt er erst danach, und er lässt sich genau erklären, wie diese Leute zu ihnen gefunden haben. In der Regel kennt er einen besseren Weg. Er lädt viel Besuch ein, damit er mit ihr nicht allein sein muss. Nur heute konnte niemand kommen.

Kinder haben sie nicht, was an ihr liegen soll, denn sie haben erst so spät geheiratet, dass er entschieden hat, sie sei für Kinder schon zu alt. Es sei zu gefährlich, hat er gemeint. Er wolle keine Missgeburt großziehen. Darum gibt es auch keine Enkel, die heute unter dem Weihnachtsbaum hätten spielen können. Er hat zwar noch zwei Brüder, aber die wohnen weit entfernt, und deren Kinder haben Besseres zu tun, als sich bei ihnen an einem Tag wie diesem einzufinden. Zumindest haben sie Pralinen geschickt, die er in ungewohnter Großzügigkeit alle ihr überlassen hat.

„Ich weiß noch, wie ich dich hier zum ersten Mal geküsst habe."

Er ist vor dem ehemaligen Seilrad der Zeche Prosper I. stehen geblieben. Dunkel ragt es in den Nachthimmel. Man hat es hier aufgestellt, direkt an der Ecke von Friedrich-Ebert- und Freiherr-vom-Stein-Straße. Das ist nur wenige Minuten von ihrem Haus entfernt und darum kein guter Platz.

Er bleibt hier immer stehen, und er sagt das immer, wenn sie hier vorbeikommen. Es ist beinahe so, als würde er sich schon mit dem Verlassen der Wohnung vornehmen, dort stehen zu bleiben und das zu sagen. Und wie jedes Mal ist es völlig falsch, was er da sagt. Nicht sie war es, die er hier zum ersten Mal geküsst hat, sondern es war eine andere. Sie weiß sogar, welche es gewesen ist, sie weiß auch, was es für ein Tag war, das Datum, die Uhrzeit, was sie für Kleidung getragen hat. Ein lindgrünes Wollkleid, dazu weiße Strümpfe und einen roten Hut.

Sie selbst hatte nie einen roten Hut, auch solch ein Wollkleid nicht. Aber er hat es ihr so oft erzählt, dass sie bisweilen geneigt ist zu glauben, er habe Recht, bis sie sich an den ersten Kuss, den er ihr gegeben hatte, damals, wieder dunkel erinnert. Etwas Schales, ganz Flüchtiges. Nichts von Bedeutung wohl für ihn, aber bedeutsam genug für sie, um in ihr eine Flamme zu entfachen.

Er stammt aus einer guten Familie, und ihr wurde eingeredet, sie könne froh sein, wenn sie jetzt doch noch solch einen Mann abbekäme. Sie war ja schon älter.

Mit der anderen hat er ein Kind, und nicht nur mit ihr. Aber er zahlt lediglich für sie. Er muss mindestens fünf Kinder haben. Alle mit verschiedenen Frauen, besucht hat ihn noch keins davon.

Die Straßenlaterne an der Ecke setzt ihn in ein verträumtes Licht. Er wendet sich zum Gehen, als sie ihn beinahe erreicht hat.

Sie überqueren die Freiherr-vom-Stein-Straße. Es ist kein Verkehr. An diesem Abend, dem Heiligen Abend, ist nie Verkehr. Alle Welt sitzt in der warmen Stube und feiert das Fest der Liebe.

Auf der anderen Straßenseite stehen Bäume.

„Ich werde übermorgen den Baum wieder wegbringen."

Das tut er jedes Mal. Als könne er es nicht abwarten. Als Wissenschaftler hat er ein gespaltenes Verhältnis zum Fest. Er lässt nur soviel an Feierlichkeit zu, wie er für nötig hält. Vor allem die Lieder und das fette Essen. Andere lassen den Baum bis Neujahr in der Wohnung, sie hat das oft genug beobachtet. Er aber schleppt den Baum schon am zweiten Feiertag nach draußen vor die Tür. Er würde dann noch nicht so nadeln, und so hätte sie am Ende nicht die Arbeit. Als würde es ihr etwas ausmachen, oder als würde ihn so was interessieren.

Er biegt über die Karl-Englert-Straße in die Brauerstraße ein, dann weiter bis Ehrenplatz. Hier, am Park, blickt sie das erste Mal auf die Uhr. Kurz nach halb neun.

„Ich werde aber heute nicht hier durchgehen. Die Wege sind vereist."

Schade. Im Park ist es immer so schön ruhig in dieser Zeit. Im Sommer tummeln sich dann die Säufer und Drogenabhängigen. Es vergeht kaum ein Tag, an dem ihr nicht Haschisch angeboten wird. Oft sind die Wege gesprenkelt mit Erbrochenem, vor allem an den Sonntagen im Sommer in der Früh. Überhaupt sieht sie in dieser Stadt viel Erbrochenes. Angefangen beim Bahnhof bis mitten in die Innenstadt. In Berlin wäre bestimmt genauso viel davon zu finden, aber hier, in diesem winzigen Nest, fällt es mehr auf.

Jetzt ist es zu kalt für diese Leute. Bestimmt sind die Wege sauber. Aber er möchte lieber nur am Park entlang laufen. Dort wäre immerhin ein guter Platz gewesen.

„Ich will noch einen Blick auf die Baustelle werfen."

Berliner Platz. Großbaustelle seit einiger Zeit. Dort soll also alles besser werden.

Berlin! Da wäre sie gerne mit ihm geblieben, aber er hatte wieder zurück in die Heimat gewollt. Zurück in dieses erbärmliche Nest. Bottrop! Sie hatte gar nicht gewusst, dass es das gab. Sie hatte es für einen Witz gehalten, für ein geflügeltes Wort. Aber es war kein Witz gewesen. Es sollte zur kleinen, hässlichen Wirklichkeit werden.

Unansehnliche, graue, viergeschossige Häuser an stark befahrenen Durchgangsstraßen. Hier wollte ein normaler Mensch nicht bleiben, würde ein normaler Mensch allenfalls durchfahren, wenn er denn musste. Sie hatte zwar zugeben müssen, dass das Revier doch grüner war, als sie es sich vorgestellt hatte, aber wenn sie es recht besah, dann lebte sie im heruntergekommenen Vorort einer Fünf-Millionen-Metropole.

Und dann zogen sie auch noch in die Eigentumswohnung seiner Eltern, die sie noch kennengelernt hatte, bevor sie verstorben waren. Zwei wirklich nette Menschen, denen er davon berichtet hatte, wie er auf sie getroffen war und sie geheiratet hatte. Standesamtlich. „So", hatte er zu seinen Eltern gesagt, „und nun sitzt sie halt hier."

Er schreitet jetzt wieder kräftig aus. In der Ferne sieht sie schon den Platz leuchten. Es beginnt leise zu schneien. Es ist so kalt, dass der Schnee in einer dünnen Schicht liegen bleibt. Er macht mit dem Arm eine Bewegung gen Himmel, die sagen soll, dass sich seine Vorhersage bestätigt. Er zieht seinen schwarzen Schirm zu voller Länge aus und spannt ihn auf. Sie hat keinen Schirm, sie trägt eine durchsichtige Plastikhaube auf dem Kopf. Die wärmt zwar nicht besonders, aber sie hat sich erst vorgestern die Haare machen lassen.

Er steht am Bauzaun, an der riesigen Grube und starrt auf die Metallgitter und sie weiß, was er sich dabei denkt. Er denkt nicht, wie es dort einmal sein wird, er denkt nur, ob das alles statisch gut durchdacht ist. Er liebäugelt auch mit den Baggern, denn er hat genauso viel Freude an einem Bagger, wie ein kleiner Junge sie hat. So eine mächtige Schaufel treibt ihm Verzückung in die Augen.

Irgendwo hört sie ein Auto fahren. Aber nur eins. Dann ist alles wieder still.

„Ich bin gespannt, ob die irgendwann fertig werden."

Er schüttelt missbilligend den Kopf. Jetzt wird er über die Fehler am Bau sinnieren, die alles verzögert haben.

Sie blickt erneut auf die Uhr. Zehn vor neun. Bald wird die Glocke von der Probsteikirche St. Cyriakus schlagen. Früher gab es dort am Heiligabend noch einen Spätgottesdienst, aber er wurde aufgegeben. Zu wenig Resonanz.

Er hatte auch mal ein Haus bauen wollen, aber nicht mit ihr! Sie weiß, dass es die Frau zu dem dritten Kind gewesen war. Die Pläne hatte er im Tresor, zusammen mit einer umfangreichen Korrespondenz mit ihr und all den anderen. In jener Zeit war er unvorsichtig gewesen, und so hatte sie die Kombination des Schlosses herausgefunden. Aber jene andere hatte ihn abblitzen lassen, und so hatte er seine Pläne begraben. Auch darüber hat er nie ein Wort verloren.

Die anderen haben ihn ebenfalls sitzen lassen, und das gab ihr eine Weile die Hoffnung, dass er sich letztendlich ihr wieder zuwenden würde. Aber das blieb ein Traum, ja, es wurde zum Albtraum, denn mit jeder weiteren wurde er ihr gegenüber verbitterter, kälter, und das fremde Parfüm zum Geruch geiler Leiber tat sein Übriges, um sie selbst erkalten zu lassen. Erst als es mit seiner Gesundheit den Bach runter ging, schien er sie zumindest ein wenig zu schätzen, und das gab ihr ein erstes Mal das Gefühl, von ihm gebraucht zu werden.

Er wendet sich jetzt etwas matt von der Grube ab. Hier wäre auch ein guter Platz gewesen.

„Ich bin müde. Aber bis zur Kirche gehe ich noch."

Nichts anderes hatte sie erwartet. Er will es durchziehen, wie immer. Und es ist ja auch nicht mehr weit. Nur noch die Poststraße entlang, dann direkt übergehend in die Hochstraße. Keine fünf Minuten zu laufen. Langsam macht er sich mit ihr als Gefolge, als Beobachterin sozusagen, auf den Weg.

Während sie die leichte Steigung der Straße erklimmen, die an dieser Stelle neben der Kirche eigentlich ein geräumiger Platz ist und bereits zur Fußgängerzone gehört, wird das Schneetreiben so stark, dass sie oben, am Ende der Straße, die Skulptur Blühendes von Helmut Schlüter kaum noch erkennen kann. Zwei umeinander gewundene Ranken aus massivem Stein. Sie berühren sich nicht und scheinen im Tanz um einen schwarzen Pfosten aus Metall erstarrt. Die Skulptur ist von 1971 und stand darum schon da, als sie hierher zogen. Die Fußgängerzone ist voll von solchen Objekten.

Sie beobachtet ihn jetzt ganz genau. Sein Kopf neigt sich schwer hin und her, fällt kurz auch nach vorn. Sein Schritt wird langsamer.

„Ich muss mich kurz ausruhen."

Er hat das nur gemurmelt.

Sie eilt an seine Seite und stützt ihn. Schwer lastet er auf ihrer Schulter, schleppt sich noch wenige Schritte weiter, bis er mit einer großen Geste stöhnend zu Boden sinkt, gerade dort, wo irgendwer vor einiger Zeit ein niedriges, eisernes Geländer mit eisernen, schwarzen Vögelchen darauf installiert hat. Er lehnt ganz ruhig an diesem Geländer, die Beine weit von sich gestreckt, und zu seinen Füßen sitzen eine eiserne Ente und eine eiserne Gans. Beide schwarz.

Sie lockert ihm die Krawatte und öffnet sein Hemd.

Schneeflocken legen sich leicht auf seine behaarte Brust, beginnen zu schmelzen. Er kippt etwas zur Seite. Sie setzt ihn wieder aufrecht. Er ist schwer. Sie blickt sich um. Kein Mensch ist zu sehen. Sie schiebt so lange an ihm herum, bis sie sicher ist, dass er nicht wieder kippen wird. Dann nimmt sie seine Brieftasche mit dem Ausweis darin an sich. Das wird ihr etwas Zeit geben. Seinen Schirm faltet sie zusammen und steckt ihn in ihre Handtasche.

Er atmet noch, jetzt schon tief schlafend. Gottlob schnarcht er nicht. Er wirkt ohnehin sehr ruhig. Ganz anders, als sie es von ihm gewohnt ist.

„Du wirst nicht weiter fliegen."

Sie entfernt sich einige Schritte. Dann blickt sie sich noch einmal um.

Wie er so da sitzt, könnte man meinen, er sei Bestandteil der Skulptur. Schwarz wie die eisernen Vögel um ihn herum sitzt er mit auf die Brust gesenktem Kopf im Schnee. Als würde er diese Vögel füttern. Selbst diese Vögel hat er mehr geliebt.

Sie greift in die Manteltasche und zieht ein Päckchen hervor, nicht größer als eine Zigarettenschachtel. Es hatte lange gebraucht, um das Pulver aus den kleinen Tüten in seine Leberkapseln umzufüllen. Ihre Hände und Augen sind alt. Sie wirft die Schachtel in einen Abfalleimer am Weg, als hätte er sie selbst dort entsorgt.

In ein paar Minuten werden ihre Spuren verschneit sein. Zu Hause wird sie die beiden Flugtickets an sich nehmen, die er im Tresor aufbewahrt hat. Der Flug ist am nächsten Morgen anzutreten. Karibik. Ohne Rückflug. Dort ist es warm. Erzählt hat er natürlich nichts davon. Sie ist zufällig dahintergekommen. Er hatte nie vorgehabt, den Baum zu entsorgen. Sie wird seine Goldmünzen und was er sonst noch für sich und die nächste andere im Tresor bereitgelegt hatte, ebenfalls mitnehmen.

Am Park wird ihr plötzlich speiübel. Sie schwitzt. Die Pralinen! Sollte er etwas damit angestellt haben? Seine Großzügigkeit hätte sie stutzig machen müssen. In der Ferne hört sie die Kirchturmuhr noch die volle Stunde schlagen.

Tja

Zur Weihnachtszeit muss alles stimmen!
Den Frieden soll die Welt gewinnen,
Liebe und Freude, Gemeinsamkeit,
und es muss weiß sein weit und breit.

Gründe gibt es jedoch viele,
die zersprengen diese Ziele.
Dann stellt sich vielleicht die Frage:
Wird die Vorstellung zur Plage?

Triebtäter

Es kann nicht mehr lange dauern. Die Talkshow zielt auf einen neuen Höhepunkt ab. Ich werde unruhig, denn gleich werde ich Hunger bekommen. Da!

Er kündigt sich mit einem dumpfen Drücken irgendwo aus den Tiefen meines Körpers an. Das dumpfe Drücken steigert sich in Windeseile zu kolikartigen Krämpfen. Die letzten Worte der Moderatorin habe ich nicht verstanden, denn in mir scheint eine Ampulle mit ätzender Flüssigkeit geplatzt zu sein. Für mich gibt es jetzt nur noch eines: Der in meinen Därmen wütenden Bestie ganz schnell den Garaus zu machen.

Nein, jetzt kostet es mich keine Überwindung mehr, mein durchgelegenes Bett vor dem Fernseher zu verlassen. Der Gang zum Supermarkt bedarf für gewöhnlich noch mehr Willensstärke, weil der Weg dorthin nicht im zeitlich engen Rahmen eines Werbeblocks zurückgelegt werden kann.

Ich verlasse das Bett und werfe die notwendigsten Kleidungsstücke über meinen Körper. In der Hosentasche klimpern die Münzen, die ich jetzt heraushole. An der Wohnungstür horche ich, ob sich etwas im Treppenhaus regt, denn ich weiß aus Erfahrung, dass ihr Öffnen für andere eine apokalyptische Inszenierung ist.

Die Luft ist rein, und ich schiebe mich aus meiner Höhle. Mehrmals kontrolliere ich, ob ich den Schlüssel in der Hand habe. Ein Irrsinn! Habe ich doch überall im Mietshaus und sogar in der Außenanlage eichhörnchengleich Kopien des Gegenstandes versteckt, der mir Zugang zu meiner sicheren Heimstatt gewährt.

In ausgetretenen Schlappen haste ich die Treppe hinunter. Die Trainingshose schlackert mir um die weißen Beine, und eigentlich ist es etwas zu kalt für nur ein Unterhemd.

Auf halber Höhe schlägt mir ein Geruch in die Nase. Rindsrouladen mit Rotkohl! Sehr beliebt in der Gegend und dazu geeignet, meine Säfte zum Überkochen zu bringen. Die Füße laufen weiter, aber mein Verdauungsapparat bleibt mit einem Teil des Hirns zurück, will den Rest meines Körpers durch die nächste Tür schleudern, um sich dahinter zu befriedigen. Nur gut, dass ich vom Fenster im Treppenhaus die Imbissbude sehen kann. Das macht es mir leichter, die Verräter zu überreden.

Die Tür ist erreicht und meine Vorsicht beim Öffnen dieser Barriere geht gegen Null. Ich stürze wie ein Rodeo-Stier ins Freie. Das Erschrecken der alleinstehenden Frau mit ihrem Dackel aus dem Erdgeschoss verwandelt sich in die Aufforderung, auf ein Schlückchen Likör vorbeizukommen. Sonst bin ich nicht abgeneigt. Jetzt aber bekomme ich beim Wort Likör Ohrensausen. Der Dackel mutiert vor mir zu einem wedelnden Happen. Ich kann kaum sprechen und drücke mich an ihren vorgereckten Brustwarzen vorbei. Das Knurren aus den Tiefen des Zwölffinger-, Dünn- und Dickdarms treibt den Dackel hinter die Beine seiner Besitzerin.

Ich bin nur noch zwanzig Meter vom Verzehr eines lukullischen Mahles entfernt. Doch diese paar Meter führen an der Grenzhecke des Mietshauses entlang.

Wie bitterböse ist es, im Delirium des tobenden Hungers von langen, herabbaumelnden Ranken gepeinigt zu werden. Sie reißen tiefe, klaffende Wunden und damit bin ich nicht mehr im Vollbesitz meiner Schönheit! Ich habe den Hausmeister zunächst verflucht, dann bedroht und ihm schließlich in einer mondlosen Nacht neben den Abfalltonnen einen Sack übergestülpt und ihn verprügelt.

Heute ist die Hecke 1a geschnitten, aber ich muss noch die Straße überqueren. Nicht, dass das besonders schwierig wäre, aber von der Fußgängerampel kann ich deutlich sehen, was über die Theke der Frittenbude wandert. Der Geruch von Gewürzen, Fett und geröstetem Fleisch treibt zu mir herüber. Ich werde wahnsinnig! Meine Nasenflügel springen auf wie bei einem Pferd. Wie gerne würde ich sie noch weiter aufreißen, um noch tiefer einatmen zu können. Jedes Mal, wenn ich hier stehe, nehme ich mir vor, etwas über die geheimen Zutaten dieser Komposition zu erfahren, aber wieder daheim, habe ich es erneut vergessen.

Da! Ein junger Kerl lässt eine halbvolle Schale mit noch warmen Wurststückchen unter Soße in den

Mülleimer rutschen. Ich kann sehen, wie beiläufig er es tut. Ich bekomme an meiner Ampel einen kleinen Anfall. Die Hände werden feucht, und die Münzen drohen mir zu entgleiten.

Hoffentlich springt die Ampel bald um, denn dann kann ich sofort bestellen. Früher habe ich nicht auf das grüne Männchen gewartet und bin einfach rübergestürmt. Aber seit ich, mich vor Hunger in einem Meer grüner Männchen wähnend, angefahren worden bin, warte ich lieber, bis das Tuten der Ampel das Zeichen gibt.

Es ist soweit. Mein Herz rast. Im Geiste sehe ich dampfende Hähnchen und Frikadellen mit Senf an mir vorüberziehen, und ich frage mich, was ich am meisten in meinem jetzigen Zustand bevorzuge. Nur noch wenige Schritte. Ich kann bereits das fragende Gesicht der Pommesfrau erkennen. Meine Geliebte!

Entspannt taumele ich auf den Tresen zu, als sich plötzlich ein Schatten vor mich schiebt. Ich pralle zurück. Der Schatten ist einen Kopf größer und eine Schulter breiter als ich und hat sich um Himmels Willen nicht vorgedrängelt! Ich stehe frustriert und beinahe ohnmächtig vor Hunger hinter ihm. Ohne Zögern bedient sie ihn. Hure!

Er gibt eine Großbestellung auf. Alles vom Feinsten. Vor mir werden Currywürste gebraten, Fritten brutzeln, Mayonnaise schwappt zufrieden in krosse Vertiefungen. Krautsalat wird angerichtet. Ein halbes Dutzend Hühner teilt sich in ihre von Natur aus gegebenen Hälften, Koteletts verschwinden in Papiertüten, und auf einer Extraplatte werden Hamburger gebraten. Alles zum Mitnehmen. Der Geruch der Köstlichkeiten treibt mir das Wasser in den Mundraum. Die Schluckfrequenz erhöht sich dramatisch. Ich stütze mich ab. Um mich von den einwirkenden Reizen abzulenken, schaue ich scheinbar interessiert zur Ampel hinüber. Rote Männchen! Der Riese bestellt eine extra große Portion Nudelsalat und einmal Gyros Pita mit Tsatsiki. Zu schnell fliegt mein Kopf herum. Zu unbeherrscht krallen sich meine Hände in das dünne Brett der Theke. Sie wird aufmerksam und lächelt, konzentriert sich aber wieder auf den Fleischklotz, der sich vor dem senkrechten Grill dreht. Mit den gezielten Schnitten einer Professionellen trennt sie mundgerechte Fleischstücke in eine Auffangschale. Mir wird dunkelgrau vor Augen. Die Ozeane an Speichel, die sich beim Gedanken an Peperoni, Pfeffer und Curry aufschaukeln, können nur durch Zurückbiegen meines Kopfes eingedämmt werden. Ich bin am Ende meiner Kraft. Wenn ich jetzt nicht gleich zum Zuge komme, dann werde ich rasend. Bestimmt wäre die Theke dann nicht hoch genug. Mit Leichtigkeit würde ich mich darüber schwingen.

Der Riese zahlt. Mein Blick frisst die Speisekarte. Es soll etwas ganz Raffiniertes sein, das ich meinem Magen zur Verarbeitung anbieten will. Etwas ganz Außergewöhnliches. Markklößchensuppe und Zigeunergeschnetzeltes mit Paprika! Ich werde irre bei der

Vorstellung, diese Herrlichkeiten bald in Händen zu halten. Nervös tripple ich auf der Stelle, bis der Riese sein Wechselgeld entgegengenommen hat. Noch mehr Speichel schießt mir in den Mund, und als sie sich endlich an mich wendet, kann ich ihr mit einem Schwall Verdauungssaft meine Bestellung entgegenspritzen.

Unterhalb

An jenen verhangenen Nieselregennachmittagen, wenn wir allesamt unter einem Balkon der Hochhaussiedlung Schutz suchten, wenn Ralf mit seinem Messer im rissigen Putz pulte, wenn Henning Figuren in den Staub malte, wenn selbst Dörthe kein Geld mehr für irgendetwas hatte, wenn die Rollschuhe und Fahrräder auf die nächste Saison warteten, wenn der nahegelegene Wald vor Nässe triefte und die Erwachsenen ihre Kinder trotzdem vor die Tür geschickt hatten, dann konnte es einer dieser Tage werden, die gleichsam einen Zyklus beenden und einen anderen einläuten.

„Wo ist eigentlich Horst?", warf Markus ein Stück Hoffnung in die Runde.

„Ist der nicht in Spanien mit seinen Eltern?", meinte Dörthe.

„Quatsch, die fahren erst in zwei Wochen. Hat er jedenfalls gestern erzählt", entgegnete ich.

Ralf brach ein großes Stück aus der Decke, die ja eigentlich der Boden des Balkons darüber war, und schreckte damit eine Schnake auf, die bis dahin schwingend auf Beute gelauert hatte. „Wir könnten im Steinbruch ein paar Kröten fangen."

„Viel zu nass", meinte Henning. „Außerdem will ich in zwei Stunden wieder nach Hause. Ich darf Fernsehen gucken."

„Du Glücklicher", knurrte Ralf.

„Ob Horst krank ist?", fragte Dörthe.

„Heute Morgen habe ich ihn noch gesehen", meinte ich. „Eigentlich müsste er schon hier sein."

Wir fielen in Schweigen, und ich wollte es gerade dazu nutzen, um kleine Steinchen nach Dörthe zu werfen, als sich schnelle Schritte näherten. Dann teilten sich die Büsche vor unserer kleinen Höhle unter dem Balkon, und Horst stürzte zu uns.

Er war der Älteste, eigentlich nicht viel älter als ich, aber er war dennoch eine Klasse weiter und durfte auch länger aufbleiben.

„Na Horst, wie geht's?", fragte ich, aber ohne eine Antwort zu geben hockte er sich in die Mitte unserer Runde.

„Ich habe eine Entdeckung gemacht. Etwas ganz Irrsinniges. Etwas extrem Spannendes ..."

Wir rückten wir näher.

„Was ich euch jetzt erzähle, muss unbedingt unter uns bleiben. Da darf aber auch gar nichts nach draußen dringen. Kai, pass du mal auf, dass niemand kommt."

Der kleine Bruder von Dörthe trollte sich murrend zu den Büschen und tat so, als überwache er die Straße.

„Zuerst müsst ihr schwören, dass ihr niemandem etwas sagt. Vor allem die von der Bushaltestelle dürfen nichts davon mitbekommen."

Die von der Bushaltestelle waren unsere Feinde. Niemand wusste mehr warum, aber sie waren es. Einem Verräter hatte Horst einmal einen Popel auf die Brille geschmiert und ihn gezwungen, ihn abzulecken.

Horst hob seine rechte Hand, und wir taten es ihm gleich.

„Ich schwöre", murmelten wir.

Horst ließ einen Blick über uns schweifen, der mir hätte zu denken geben müssen, streckte eine geschlossene Hand vor und öffnete sie ganz langsam. Doch noch bevor wir richtig begriffen, steckte er das, was wir gerade sahen, schnell in die Hosentasche. Es war eine runde, schwer funkelnde Münze aus Gold!

Man braucht nicht zu raten, was sich daraufhin in unseren jungen Köpfen abspielte, denn das stand uns allen ins Gesicht geschrieben. Selbst Erwachsene können blanke Gier angesichts einer großen, greifbaren Chance nur schlecht verbergen.

„Mann, wo hast du die denn her", stieß Henning hervor.

„Von der Teufelskanzel."

Ein Raunen ging durch unsere Gruppe.

Die Teufelskanzel!

Ein dunkler, kantiger Kalksandsteinfelsen am anderen Ende des Waldes. Tief unter ihm wand sich der Fluss durch das Tal. Es gab eine schaurige Geschichte über einen Mann. Der Teufel selbst habe mit ihm auf der Kanzel gespielt wie die Katze mit der Maus und seine grässlich entstellte Leiche danach hinabgeschleudert. Dann habe der Leibhaftige wild heulend dem Felsen seine Fratze eingeprägt.

„Unterhalb der Kanzel ist eine Höhle. Da ist auch eine Quelle, und in der Höhle ist der Schatz."

„Zeig die Münze noch mal", sagte Markus.

„Einmal reicht!"

„Ach, Mann."

„Wieso erzählst du uns eigentlich davon?", fragte ich misstrauisch.

„Ich kann ihn nicht alleine bergen. Er ist zu groß. Außerdem sind wir ja wohl eine Clique, und da sollte nicht einer alleine ..."

Jetzt sprangen wir alle auf und plapperten durcheinander. Ralf klappte sein Messer zu, und wir machten uns auf den Weg, als gäbe es die entsetzliche Geschichte und den Regen nicht.

Wir hatten die Hochhaussiedlung hinter uns gelassen und den Wald betreten. Ich überlegte, wessen Schatz das wohl sein mochte. Noch kürzlich hatte ich gelesen, dass Piraten häufig ihre Schätze versteckt hatten. Für gewöhnlich auf einer Insel, einer geheimen Insel. Aber hier gab es weit und breit kein Meer! Warum sollten sie den Fluss hinaufgefahren sein, dann eine steile Klippe erklettert haben, um dann dort ihren Schatz zu vergraben? Andererseits würde niemand den Mut aufbringen, am Fuße der Teufelskanzel danach zu suchen.

„Das kann ja wohl kein Piratenschatz sein", meinte ich.

„Habe ich gesagt, dass es einer ist?", entgegnete Horst. „Es könnten ihn ja auch irgendwelche Ritter oder andere Räuber ..."

„... so wie Robin Hood!", warf Dörthe dazwischen.

„Ja, genau!", rief Henning. „Als der gestorben war, hat er vielleicht seinen Schatz vergessen!"

„Robin Hood lebte in England", warf ich ein.

„Ist doch egal, wer den Schatz vergessen hat", unterbrach Markus. „Ich will übrigens nur Bargeld. Mein Vater sagt immer *Bargeld lacht*."

„Sind da noch mehr Goldmünzen?", fragte Kai.

„Klar, jede Menge."

„Und Perlen? Sind da auch Perlen?", rief Henning mit glitzernden Augen.

„Kistenweise Perlen. Auch Diamanten, Rubine, Smaragde ..."

„... auch Rüstungen und Schwerter?", fragte Markus. „Da sind nämlich immer Schwerter."

„So genau habe ich nicht hingeschaut", meinte Horst. „Aber wenn da immer welche sind, dann werden bestimmt auch jetzt welche da sein."

„... und Pistolen?", rief Dörthe. „Ich muss unbedingt so eine Pistole haben!"

„Hätte der Schatz nicht schon längst von jemandem gefunden worden sein müssen?", fragte ich. In meiner Phantasie wurden Schatzsucher von einem gottvergessenen Niemandsland, wie es die Teufelskanzel für mich war, geradezu angezogen.

„Man hat ihn eben noch nicht gefunden", zischte Dörthe.

„Da hörst du es!", rief Horst. „Wir müssen ihn nur holen. Ich glaube, da lagen auch allerhand Schriftstücke herum."

„Etwa auch Karten?", fragte ich.

„Bestimmt!"

„Wenn eine dabei ist, dann will ich die haben."

Ich bin noch heute ganz versessen auf Karten. Eine Karte würde vielleicht einen Hinweis auf noch andere Schätze liefern. Und da mir von Horst diese eine zugesprochen worden war, malte ich mir eine Zukunft mit neuen Spielsachen und einem zwar arbeitslosen, aber zufriedenen Vater aus. Wir würden eine größere Wohnung in der Siedlung beziehen, wir würden vielleicht sogar einmal in den Urlaub fahren können, vielleicht ans Meer, mit einem heilen Auto oder sogar fliegen ...

Plötzlich ragte der Felsen am Ende einer Schneise groß und dunkel und lauernd vor uns auf. Wir verstummten. Ich spürte mein Blut heiß durch die Adern rinnen, und auch die anderen hatten gerötete Gesichter. Kein Vogel war zu hören. Dafür rauschte der Wind schauerlich durch die Baumkronen, und die Äste rieben knarrend aneinander. Der feine Regen gelangte kaum auf den Waldboden, wir hingegen waren schweißnass. Die Teufelskanzel!

„Wie geht es jetzt weiter?", flüsterte ich Horst zu, denn der Ort flößte mir ungeheuren Respekt ein.

„Links von ihr führt ein Pfad hinab", raunte Horst und schlug sich ins Unterholz. Wir folgten ihm. Nach etwa zwanzig rutschigen Schritten den Hang hinab hörte ich plötzlich etwas plätschern. Es war die Quelle, die unterhalb des Felsens hervorbrach. Das Wasser war kühl und klar, und ich benetzte mir das Gesicht damit.

„Seht ihr?", rief Horst und deutete auf etwas abseits der Quelle. Ich erkannte ein von herabhängenden Zweigen und Moos verdecktes schwarzes Loch.

Horst pirschte vor, bis er direkt am Höhleneingang stand. Niemand rührte sich.

„Was ist los?", fragte Horst. „Wollt ihr nicht den Schatz bergen?"

„Was ist, wenn da ein Tier ist", meinte Markus.

„Da ist kein Tier", entgegnete Horst. Er zückte sein Feuerzeug. „Mir nach."

„Aber du denkst daran, dass du mir die Karte versprochen hast?", erinnerte ich ihn.

„Ja sicher."

Im spärlichen Licht der Flamme folgten wir ihm in das Loch. Es roch nach Pisse wie bei uns im Treppenhaus ganz unten. Die Wände warfen kaum Licht zurück.

„Gibt es hier noch eine Nebenhöhle?", fragte Markus und tastete die Wände ab. Er war mutiger geworden, nachdem er festgestellt hatte, dass die Höhle tatsächlich kein Tier barg. Hier sah es beinahe so aus wie unter unserem Balkon. Hier war aber auch nichts anderes. Diese Höhle war leer! Keine Nebenhöhle, kein Schatz, schon gar keine Karte. Lediglich ein paar Fetzen einer alten Zeitung, eine kalte Feuerstelle und – ein ganzer Haufen zerplatzter Träume.

Horst drehte sich ganz langsam um, und wir blickten in sein grotesk verzerrtes Gesicht, das er mit dem Licht seines Feuerzeugs beleuchtete.

„Ich bin der Kobold!", schrie er. „Ich bin der Kobold!"

Ich kann nicht sagen, was mehr in mir überwog: ob es der Schrecken über sein Geschrei war oder die Scham, seiner Verlockung erlegen zu sein? Wahrscheinlich beides zusammen, und mein Gesicht brannte, als hätte Horst mir eine verpasst. Von nun an würde ich ihn, wie mich selbst, in einem anderen Licht sehen müssen.

Als er dann die dünne, goldene Blechhülle von der Goldmünze abschälte, um sich den Schokoladentaler darunter in den Mund zu stecken, stürzte ich mich wild heulend auf ihn.

Einer reicht nicht

Gerade wenn der See am Morgen grau wie Blei unter einem verhangenen Himmel ruht, als könne man ihm jegliche Sorge anvertrauen, und wenn die Vögel schon wieder bis auf ganz wenige verstummt sind, schreitet der alte Mann am Ufer entlang. Er hat den Hut tief in die Stirn gezogen und den Mantelkragen hochgeschlagen. So bemerkt er die zusammengekauerte Gestalt erst, als er sie passiert. Klein und still und dick in glänzend dunkelgrünes Ölzeug gehüllt hockt sie da, und eine Rute stößt steil vor ihr in die Luft. Wenn der alte Mann seine Augen anstrengt, macht er die dünne Schnur aus, wie sie sich in lockerem Bogen von der Rutenspitze bis zum Schwimmer auf dem Wasser zieht.

Jetzt bewegt sich der einsam sitzende Angler. Fachmännisch dreht er die Kurbel, nur ein kurzes Stück, so dass der Schwimmer gerade etwas zuckt, dann verharrt er wieder. Der alte Mann geht neugierig näher und schiebt seinen Hut in den Nacken.

„Und, beißen sie?", ruft er.

Keine Antwort.

Dem alten Mann kommt in den Sinn, dass seine laute Frage zur Verärgerung beitragen kann. Er geht noch näher heran, bis er von oben auf die Gestalt herabblickt.

„Na, was ist?", flüstert er.

„Nein", erhält er diesmal mürrisch zur Antwort und ist verdutzt, weil ihm ein gerötetes Gesicht aus der Kapuze entgegenblickt, das höchstens zehn Jahre alt sein mag.

Der Junge wendet sich ab.

„Sitzt wohl noch nicht lange hier", stellt der Alte mit Blick auf den leeren Eimer fest.

„Es geht."

„Hast aber noch keinen Fisch gefangen."

„Werde ich auch nicht, wenn Sie weiterreden."

„Entschuldige."

Sie schweigen. Der Junge holt die Schnur ein. Der Schwimmer flitzt über die Wasseroberfläche, springt ein paar Mal und landet mit leichtem Schwung in seiner Hand.

„Mist! Wieder abgefressen."

In einer kleinen Kiste kramt er nach einem Glas voller Würmer und fädelt einen davon geschickt an den Haken.

„Was für einen Fisch willst du denn fangen? Einen Hecht?", fragt der Alte.

„Ach Quatsch. Hechte gibt es hier nicht."

„Vorgestern hab ich gesehen, wie am anderen Ende des Sees einer einen rausgezogen hat."

„Am anderen Ende ja. Hier nicht."

„Aha ... Da ist wohl schon mal deine Schnur gerissen, nicht wahr?", fragt der Alte.

„Wo?"

„Na dort, zwischen dem Haken und der Schnur."

„Sie meinen dieses kurze Stück hier?"

„Genau."

„Da ist nichts gerissen, das ist das Vorfach."

„Ach so."

„Sie kennen sich da wohl nicht aus."

„Kein bisschen!"

„Ich gehe auf Schleien, darum habe ich ein kurzes Vorfach mit Wurm ..."

„... und Schwimmer", vollendet der alte Mann.

„Es heißt Pose."

„Aha."

„Ich gehe am liebsten auf Schleien. Aber es ist schon etwas spät im Jahr ..."

„Oktober?"

„Ist die letzte Möglichkeit."

Der Junge wirft den Köder gezielt an den Rand einer verkrauteten Zone.

„Müsstest du nicht eigentlich in der Schule sein?", fragt der Alte. Die Finger des Jungen klammern sich um den Griff der Rute.

„Hab keine Zeit."

„Aber es ist doch Schule, oder?"

„Ja, schon."

Er ruckt an der Schnur.

„Wirst sicher deinen Grund haben."

Sie schweigen. Der Junge starrt auf die Pose. Plötzlich geht sie unter. Blitzschnell holt der Junge die Schnur ein.

„Schon wieder abgefressen."

„Wissen deine Eltern, dass du angelst?"

Der Junge atmet tief durch.

„Das verstehen Sie nicht."

„Ich verstehe was nicht?"

„Na, das alles!"

„Wieso?"

„Sie haben sich gestritten."

Der alte Mann schweigt und verfolgt, wie der Junge fahrig einen neuen Wurm an den Haken steckt.

„Und einer muss schließlich für das Essen sorgen", stößt er hervor. „Wenn sie sich trennen, dann muss einer für das Essen sorgen. Meine Schwester ist noch zu klein ..."

Ein leichter Wind kommt auf und kräuselt die Wasseroberfläche. Der Alte blickt auf den Jungen, der unverwandt die Pose beobachtet.

„Worüber haben sie denn gestritten?"

„Weiß nicht. Sie haben geschrien."

„Menschen streiten sich manchmal."

„Meine Eltern noch nie."

„Bestimmt vertragen sie sich wieder."

„Ich weiß nicht."

„War vielleicht eine Nebensächlichkeit."

„Warum tun sie es dann überhaupt?"

„Du hast dich sicher auch schon gestritten. Mit deiner Schwester zum Beispiel."

Der Junge lächelt zögernd.

„Ja, schon. Aber da ging es nur um das Kickboard ..."

„Und du hast dich wieder mit ihr vertragen!"

„Doch, schon."

„Vielleicht haben sich deine Eltern auch längst vertragen, während du hier sitzt und angelst und dabei die Schule schwänzt."

Der Junge blickt ihn an.

„Und wenn nicht?"

„Dann kannst du immer noch einen Fisch fangen", sagt der alte Mann und lächelt. „Einer wäre ohnehin nicht genug."

Die Pose wird nach unten gezogen. Spannung liegt auf der Schnur. Der Junge packte die Rute und dreht an der Kurbel der Rolle.

„Jetzt hat einer angebissen!", ruft er.

Der Kampf ist schnell entschieden.

„Noch zu klein", meint er und lässt den Fisch nachdenklich frei.

„Sie meinen, einer reicht nicht?"

„Zumindest nicht so ein kleiner. Ein Hecht schon eher."

„Da müsste ich einen ganz anderen Köder haben."

„Und den hast du nicht?"

„Doch, zu Hause hab ich welche. Zu Hause hab ich alle!"

Sein Körper strafft sich.

„Hechte beißen jetzt sowieso besser als Schleien", meint er, als müsse er jemanden von einer fixen Idee abbringen. Er packt langsam sein Zeug zusammen.

Der alte Mann blickt dem Jungen noch eine Weile nach, wie er mit emsigem Schritt am See entlang wandert, in der einen Hand die Rute, in der anderen den Eimer mit der kleinen Kiste. Dann drückt der Alte den Hut wieder in die Stirn und geht seines Weges.

Mutabor

Auf der Lichtung ging es um alles.

Röhrend stampfte der Hirsch durch das kniehohe Gras, warf seinen beeindruckenden Kopfschmuck nach hinten, zitterte bedeutungsvoll mit den Nüstern und verströmte verschwenderisch sein Pheromon.

Peinlich, dachte der andere Hirsch, der am Rande der Lichtung unter den Bäumen hinter einem riesigen Busch und noch dazu in einer Mulde stand, über deren Rand er das Schauspiel überschäumenden Fortpflanzungstriebes verfolgen konnte. Peinlich, dachte er noch einmal, als der andere jetzt mit seinem Geweih den Boden pflügte, dabei allerhand seltene Pflanzen ausriss, noch ein weiteres Mal inbrünstig röhrte und dann etwa einhundert Meter blindlings über die Lichtung stürmte.

Wenn man drei Pfund weniger Hirn im Schädel hat als ich, dann muss man so was wohl tun, bemerkte der andere in seiner Mulde bei sich. Wahrscheinlich würde ich nicht anders handeln, dachte er, und er hatte es bis zum letzten Jahr ebenfalls als seine Pflicht verstanden, war auf und ab stolziert, hatte die Grasnabe aufgerissen, hatte sich die Kehle heiser gebrüllt, hatte sich mit anderen gemessen, sie hin und her geschoben, hatte auf die winzigste Schwäche gelauert, hatte verletzt, musste siegen, hatte gesiegt, hatte befruchtet, war wieder röhrend auf und ab geprescht und hatte sich doch die ganze Zeit gefragt: Was soll das alles? Peinlich! Und langweilig! Ziemlich langweilig sogar. Könnte ich nicht statt dessen lieber ein Bild malen?

Tja, mit dreieinhalb Pfund im Kopf denkt man so was.

Jetzt wurde es spannend auf der Lichtung. Der Hirsch in der Mulde hatte sich in allem, was der Wald zu bieten hatte, gewälzt, um seinen Geruch zu überdecken. Der Kraftakt, den der andere da jetzt aufführte, konnte darum nur mit einem weiteren Hirsch zu tun haben. Und tatsächlich! Da kam er ja auch schon. Dem Hirsch in der Mulde wäre beinahe ein ziemlich verräterisches Lachen herausgerutscht, als der zweite Hirsch auf die Lichtung stolzierte. Bestimmt war der da sehr von sich überzeugt, und bestimmt hatte der auch nur die eine Sache in seinem winzigen Hirn. Gleich würden sie nebeneinanderher laufen, würden jede Zuckung, jeden Muskel und jedes Glitzern im Auge des Gegners abschätzen. Ja, da taten sie es auch schon. Wenn es den beiden nicht so todernst gewesen wäre, dann hätte man meinen können, die beiden führten ein Tänzchen auf.

Jetzt ins Theater gehen, das wäre was, dachte sich der Hirsch in der Mulde und horchte belustigt in sich hinein, denn es war das erste Mal, dass er das Wort *Theater* gedacht hatte. Eine ganz kurze Weile suchte er beiläufig nach seinem Ursprung.

Da! Jetzt krachten die Geweihe aufeinander. Eine Melone hätte dazwischen nichts zu lachen. Die Gegner forkelten aufeinander ein, dass es eine Gabel vor Neid hätte erblassen lassen. Eine Gabel, dachte sich der Hirsch in der Mulde, was mag denn das wohl sein? Bestimmt etwas ganz Irres! Dann schloss er für sich eine Wette auf den Sieger des Kampfes ab. Der stand nach einer Viertelstunde fest und der Unterlegene suchte das Weite.

Der Hirsch in der Mulde machte sich daran, ganz gemächlich aus ihr herauszuklettern. Eilen musste er sich nicht, das wusste er aus Erfahrung. Die beiden Kontrahenten würden sich erst einmal im nahen Teich abkühlen. So ein Kampf strengt nämlich kolossal an. Erst danach würde sich der Sieger, der Platzhirsch, und das auch nur, falls nicht ein weiterer Gegner auftauchte, mit seinen Frauen paaren. Der Verlierer war eben der Verlierer. Der Hirsch aus der Mulde würde die Gunst der Stunde nutzen, um ein wenig Verwirrung im Genpool zu erzeugen. Ziemlich peinlich, dass ich mich da immer noch drauf einlasse, ich mit meinen dreieinhalb Pfund Gehirn, seufzte er. Als gäbe es nicht genug Hirsche auf der Welt, seufzte er auch noch, während er lässig auf die Damen zutrabte.

Vierteltöne

„Also Folgendes, Heinz: Da kommt dieser Kerl in den *Alten Recken* rein, setzt sich an den Tresen und fängt einfach an zu quatschen."

„Mit sich selbst?"

„Nee, schon mit wem anderen. Aber einfach so, sag ich mal."

„Und?"

„Wie und?"

„Mann, was war dann, Willi?"

„Das hat keine fünf Minuten gedauert, da fing das Palaver auch schon an."

„Weswegen denn?"

„Keine Ahnung. Am Ende haben sich alle gestritten."

„Und der Kerl?"

„Ist wieder raus."

„Noch ein Bier, Rudi!"

„Kommt sofort, Heinz!"

„Erzähl weiter, Willi."

„Ich sag mal, so was habe ich noch nie erlebt. Dass ein einziger Kerl den ganzen Laden aufmischt. Als hätte er das geplant."

„Gibt's ja gar nicht, hör mal."

„Geradezu generalstabsmäßig hat der die alle gegeneinander ausgespielt, sag ich mal."

„Ein Fremder?"

„Ist neu im Viertel. Ich sag mal, wenn nicht Sperrstunde gewesen wäre, dann ..."

„... dann was?"

„Heinz, dein Bier."

„Danke."

„Ich schreib es zu den anderen."

„So machen wir das."

„Ich werd' verrückt!"

„Was ist los, Willi?"

„Mensch, das ist er!"

„Wer?"

„Der Typ von neulich."

„Wo?"

„Ist gerade zur Tür reingekommen."

„Der junge Kerl mit der Jeansjacke und dem Lockenkopf?"

„Ja sicher. Hat sich da hinten an den Tisch gesetzt."

„So einer soll den *Alten Recken* aufgemischt haben?"

„Ja sicher. Wir müssen vorsichtig sein. Der ist nicht doof. He, Rudi!"

„Was ist?"

„Der Typ da hinten ... Was hat der gewollt?"

„Ein Bier. Ein kleines."

„Behalt den mal im Auge. Der macht Ärger."

„Soso."

„Mann, Heinz. Da kommt Hermann ... He, Hermann. Was macht die Rente?"

„Alles klar."

„Setzt du dich wieder nicht zu uns, hör mal?"

„Nee, nee. Sitzt sich hier auf der Bank bequemer, wenn man Hämorrhoiden hat."

„Die hast du wohl nicht als Einziger, sag ich mal."

„Und doch schlauer als ihr, wie?"

„Hermann denkt wohl auch, er wäre etwas Besseres ... hee, Heinz, der Typ steht auf. Mit seinem halb ausgetrunkenen Glas. Der will sich doch wohl nicht ..."

„... ich werd ja wohl nicht mehr ... der Kerl setzt sich an den Tresen, hör mal!"

„Hab ich ja gesagt. Der setzt sich da einfach hin ..."

„Rudi, was will der da?"

„Will den ganzen Haufen auch mal von der anderen Seite begutachten, hat er gesagt, Heinz."

„Begutachten? Sagt man so etwas, Willi?"

„Hier zumindest nicht!"

„Hör mal, was macht er denn jetzt?"

„Redet mit Rolf und Marie."

„Und? Was sagt er?"

„Geh doch hin und hör zu."

„Du bist wohl verrückt."

„Hast wohl Schiss, wie?"

„Ach, Quatsch."

„Rudi!"

„Was gibt es, Willi?"

„Erst mal noch ein Bier und einen Kurzen. Sag mal, was hat der Typ da vor?"

„Sucht nach einem Schrebergarten. Behauptet, er sei Künstler."

„Hör mal, der und Künstler."

„Hat Marie eingewickelt und ihr einen von Gemüsepflanzen vorgeschwärmt."

„Mann, ist das 'ne linke Ratte. Gerade bei Marie, sag ich mal."

„Hör mal, woher weiß der denn, dass wir hier mit Schrebergärten zu tun haben?"

„Hat doch die ganze Zeit rumgehorcht. Erst da hinten, dann jetzt dort. Ich sag mal, wir quatschen doch sowieso von nichts anderem hier."

„Hmm. Aber die direkt zu fragen. Das tut man nicht, hör mal."

„Jetzt gibt ihm Marie auch noch die Adresse. Schöne Scheiße, sag ich mal."

„Hör mal, dann läuft der uns mit seinem Pudelkopf auch da noch über den Weg?"

„Krauses Haar, krauses Hirn, sag ich mal ... Achtung, Heinz!"

„Was ist los."

„Schau dir das an."

„Ich glaub es ja wohl nicht, hör mal. Der quatscht Hermann an!"

„Jetzt setzt er sich auch noch neben ihn ... Auf die Bank!"

„Neben unseren Obmann, hör mal!"

„Wie, Obmann. Wusste ich ja gar nicht!"

„Ist er doch schon seit einem Jahr."

„Seit einem Jahr?! ... Hä? ... Was hat der Kerl da gerade rübergerufen, Rudi?"

„Dass du dir mal darüber Gedanken machen soll-
test, wieso alle davon wissen, nur du nicht."

„Das ist ja wohl die Höhe! Der kriegt gleich eins
vors Maul, das Arschloch!"

„Hör mal, nimm das nicht persönlich, Willi. Der
will dich nur provozieren."

„Das soll ich nicht persönlich nehmen, dass ihr mir
nicht sagt, dass Hermann Obmann ist? Seit einem
Jahr?!"

„Nun beruhige dich doch."

„Ich kann mich jetzt aber nicht beruhigen."

„Als Hermann gewählt wurde, warst du doch im
Urlaub, hör mal."

„... schlau von euch."

„Was soll das heißen? Das war eine ganz reguläre Sache. Und später muss wohl jeder gedacht haben, dass
du es schon wüsstest."

„So ein Schwachsinn. Rudi, noch ′nen Korn!"

„Sofort!"

„Wo ist denn der Typ hin, hör mal?"

„Der soll bloß weg bleiben, sag ich mal!"

„Nee, da steht noch sein Bier."

„Dein Korn."

„Hör mal, Rudi, ist der Typ etwa abgehauen?"

„Ist pissen."

„Ihr hättet mir wirklich was sagen können, sag ich
mal."

„Tut mir leid. War ein Versehen. Du weißt ja, wie
das ist ..."

„Ja, ist ja schon gut ... Still, da kommt er."

„..."

„Hör dir das an, Willi! Jetzt singen die beiden auch noch ... Rudi, noch einen Kurzen."

„Kommt sofort."

„Was IST das für ein Arschloch, hör mal?"

„Ich habe es dir ja gesagt. Wir müssen vorsichtig sein."

„Hier, der Kurze. Wisst ihr, was er eben zu Hermann gesagt hat?"

„Was!"

„Er sagt, dass Hermann zu viel redet."

„Und das hat der sich bieten lassen, hör mal?"

„Er hat gelacht."

„Hermann lacht darüber, wenn man ihm sagt, dass er zuviel redet?"

„Ganz genau. Hermann meinte zu dem Typen, dass er sein Sohn sein könnte."

„Schmeiß den raus, hör mal."

„Da steht er schon auf. Er geht. Verflucht noch eins, er geht wirklich, sag ich mal!"

„Hör mal, Rudi, hat der überhaupt bezahlt?"

„Hat er schon am Tisch gemacht."

„Ich sag mal: Glück gehabt."

Blau

Dort draußen in der schwarzen, kaum drei Kelvin warmen, lautlos trägen Kälte blickt Kommandant Golgon aus dem Raumgleiter zur Erkundung neuer, aufregender Urlaubsziele in diese klare Weite. Er wird einen ebenso klaren Kopf brauchen. Zumindest ist das, was klar bleiben soll, mit einem Kopf vergleichbar.

Seine Finger, oder was ihre Funktion zumindest erfüllt, verschieben einige Hebel, um das Bild auf einem Monitor zu vergrößern und in eine angenehmere Farbe zu bringen. Ein winzig heller Punkt wächst an, und das anfängliche Blauweißgrün des nun sichtbaren Planeten wechselt in ein Orangeweißrot. Der Kommandant fühlt sich hell, rutscht darum vom Sessel zum Nahrungsmittelportionierer. Allerhand Klumpiges erscheint auf einer Platte, gefolgt von einem schrillen Pfeifen, das auf die letzte Portion hinweist.

Die Tür der Kommandozentrale fiepst beiseite. Parsec und Vilgin erscheinen.

Sie hätten sich viel Zeit gelassen, meint der Kommandant, stopft das Klumpige von der Platte irgendwo in sich hinein und wird dunkelpurpurn.

Vilgin jubelt, er hätte auf ewig dort bleiben können und setzt sich in einen Sessel, während Parsec dies wortlos tut.

Der Kommandant reckt sich erwartungsfreudig, der Touristikzentrale einen Erfolg melden zu können, einem großen roten Knopf neben einem ebenso großen blauen entgegen. Der große rote würde das Fernkommunikationssystem in Betrieb setzen.

Nirgendwo sonst könnten sie es besser antreffen können, frohlockt Vilgin, während Parsec sich Vilgins Euphorie nicht anschließen will, weshalb der Kommandant sein einziges Auge verdreht und sich ernüchtert vom Kommunikationsknopf zurückzieht.

Nichts könne man ihm recht machen, mault Vilgin, es sei genau wie letztes Mal, dabei sei zumindest jetzt jede Menge Wasser dort, nicht wie letztes Mal, das müsse er zugeben, als sie auf einen staubtrockenen Planeten gestoßen waren, obwohl selbst das eine Herausforderung für ihre Leute gewesen wäre statt des öden Top-Service-Modells.

Sie hätten bisher nicht ein einziges Top-Service-Modell gefunden, schnauzt Parsec, und hier seien sie erneut weit davon entfernt. Ihre Leute wollten Spaß und Erholung und weder an den Rand der Verzweiflung gebracht noch gelangweilt werden. Wann Vilgin das eigentlich kapiere?

Er schnellt aus dem Sessel und behämmert die Tasten des Nahrungsmittelportionierers, doch der hupt nur kläglich. Parsec flucht, wirft einen argwöhnischen Blick auf den Kommandanten, fällt zurück in seinen Sessel und knurrt, dort sei zwar Wasser über Wasser, aber meist mit so viel Salz darin, dass sie unaufhörlich mit dessen Ausscheidung beschäftigt gewesen seien. Selbst sogenanntes Süßwasser sei für sie gerade noch genießbar gewesen.

Parsec sei kleinlich, behauptet Vilgin. Eine erneute mittlere Temperaturerhöhung um zirka drei Kelvin, die daraus folgende Überflutung sowie verheerender Krieg vor Jahrzehnten hätten dem Planeten erfreulicherweise nur noch drei allenfalls fünf Pflanzen- und Tierarten gelassen, wohingegen Parsec, auch im Hinblick auf ihre Leute, gern mehr Vielfalt gehabt hätte, während Vilgin ihre Leute bereits Lichtbob fahren sieht, über glitzernde Wogen flitzend, in die Wasserweite hinaus.

Der Kommandant holt tief Luft. Ob man sie entdeckt habe.

Nein, nein, ruft Vilgin, sie hätten sich problemlos der einfachen Physiognomie der Bewohner anpassen können und seien so überhaupt nicht aufgefallen, was Parsec erneut aus seinem Sessel treibt.

Ob sie eigentlich denselben Planeten besucht hätten? Zunächst hätten sie ihn gar für entvölkert gehalten, bis sie ein Strafmandat wegen Falschparkens gefunden hätten, das ihnen ein Roboter – der Begriff entstamme einer dort früher verwendeten Sprache, und das Ursprungswort *robota* bedeute soviel wie Arbeiten – an ihre Kapsel geheftet habe. Sie hätten zunächst überhaupt nur Roboter entdeckt. Von Nichtauffallen könne keine Rede sein. Er fällt zurück in seinen Sessel.

Aber was für Roboter, feixt Vilgin. Das Strafmandat brauchten sie gar nicht zu bezahlen, denn sein Ausstellen sei Teil einer veralteten Programmierung gewesen, und der Ausstellroboter hätte das Programm nur spaßeshalber reaktiviert, nachdem er sich über die bloße Gegenwart ihrer Kapsel gewundert habe. Die Roboter hätten sie anschließend zur Entschädigung sogar zu einer Art Fest eingeladen.

Dort, wirft Parsec ein, hätten sie übrigens erst festgestellt, dass es sich bei diesen einfachen Bauformen um künstliche Lebensformen handele, die – ganz nebenbei – überhaupt nicht tanzen könnten.

Aber sie hätten es zumindest versucht, und es sei einfach nur wunderbar gewesen, ihnen dabei zuzusehen. Und die Musik ... großartig, gurrt Vilgin.

Trotzdem blieben es Roboter, und Planeten mit künstlichen Lebensformen hätten sie schon genug auf ihrer Liste, giftet Parsec.

Wie es um biologische, denkende Bewohner stünde, will der Kommandant wissen.

Ja, es gebe ein paar wenige, rückt Parsec heraus, allesamt angesiedelt auf einer großen, wieder halbwegs grünen Insel im Norden des Planeten, die auch sie selbst als einzig lohnenden Landeplatz gewählt hatten. Die Roboter hätten sie zu diesen Bewohnern geführt, die zwar physisch anwesend, in Wirklichkeit aber in speziellen Anzügen steckten und so fast ausschließlich in einer virtuellen Welt lebten, in die auch sie selbst sich hätten einklinken müssen, um die Infrastruktur des Planeten nutzen zu können.

Die Bewohner gingen in dieser virtuellen Welt einkaufen, arbeiten, tanzen, machten Musik, schrieben Bücher, unterhielten sich über alles mögliche, schwärmt Vilgin, was Parsec für übertrieben hält, denn es ginge denen doch hauptsächlich um Parties oder um ausgefallene virtuelle Kleidung, um darin auf eben diesen Parties zu erscheinen, oder um die Anhäufung anderer virtueller Güter wie Häuser, Schiffe, Blumenvasen ... Im Allgemeinen hockten die Bewohner jedoch in diesen Welten herum, schauten sich die anderen an und sprächen mit der größten Begeisterung über Banalitäten wie etwa, wer wen wann wo gesehen oder nicht gesehen habe, wann der und der wieder zu sehen sei oder ob man sich nach anderen umsehen müsse. Andernfalls schliefen sie, ein Zustand, in den sie für ein paar Stunden am Tag verfallen müssten. Dort irrten sie dann in einer von ihren Köpfen selbst inszenierten virtuellen Welt umher, in der sich hauptsächlich die groteske Variante der realen virtuellen Welt abspiele. Oder es liefen dort Programme ab, die wenig bis nichts mit der realen, virtuellen Welt zu tun hätten und mit denen sie sich auch nicht abgeben wollten, weil die irgendwas mit ihrer erbärmlich primitiven Herkunft zu tun hätten.

Das Tolle dabei sei, wirft Vilgin ein, dass sie sich nicht um ihre Kinder zu kümmern brauchten, denn sie hätten sich eingestanden, dass nur *die* Zeit mit den Kindern großartig sei, die sie in deren Sinn verbringen. Das seien allerhöchstens zwanzig Prozent ihrer

Zeit, darüber hinaus seien ihnen die Kinder lästig gewesen.

Ob es folglich keine Kinder gebe, fragt der Kommandant verblüfft.

Die wüchsen in von den Robotern geführten Horten auf, dreht sich Vilgin vergnügt im Sessel. Sobald als möglich stecke man sie in die Anzüge inzwischen Verstorbener und Absorbierter, erklärt Parsec, und so seien sie ihr Leben lang mit allen Sinnen in eine riesige Welt eingebunden. Diese Anzüge würden sie ernähren, ihre Notdurft abtransportieren sowie ihre Keimzellen melken – sie hätten Tanks voll damit bemerkt – und um den ganzen Rest drumherum kümmerten sich die Roboter.

Und die seien so glücklich dabei, trällert Vilgin, täten sie doch genau das, wofür sie einst von den biologischen Lebensformen geschaffen worden seien. Sie warteten das System, stellten die Nahrung für die biologischen Lebensformen her, entsorgten jeglichen Müll und zögen neue Lebensformen aus deren Keimzellen heran unter Berücksichtigung der besonderen Lebensumstände, in denen diese Lebensformen sich befänden. Ob das nicht großartig sei, schwärmt Vilgin. Für ihre Leute zu Hause könnten sie aber auch alles andere drumherum so herrichten, wie die es haben wollten für den Fall, dass niemand von ihren Leuten dieses virtuelle System nutzen will.

Dann könnten sie doch auch zu Hause bleiben, schnauzt Parsec, denn ihre Leute wollten im Urlaub aufregend Neues, irgendwas, was niemand von ihnen sich hätte selbst ausdenken können, vorfinden. Vor allem wollten sie Kontakt zur einheimischen Bevölkerung. Und zwar echten Kontakt.

Da hat Parsec natürlich Recht. Kommandant Golgon schaukelt nachdenklich in seinem Sessel.

Parsec solle vom Sex berichten, kreischt Vilgin.

Der gibt knurrend zu, dass man Sex mit ihnen haben könne.

Das sei doch mal was, ruft Kommandant Golgon und patscht auf sein Steuerpult.

Der solle aber nicht überbewertet werden, meint Parsec. Doch sie hätten welchen gehabt, bohrt der Kommandant. Vilgin rollt *oh ja* mit dem Auge.

Direkter Sex sei jedoch kompliziert, und selbst Vilgin müsse wohl zugeben, dass es nicht einfach gewesen sei, diese speziellen Anzüge zu durchdringen. Ein zähes Zeug sei das. Und selbst wenn es geschafft sei – Vilgins Sex-Partnerin habe doch unaufhörlich etwas von einem falschen Loch gebrüllt, was Vilgin enttäuscht bestätigt.

Sie hätten einigen von ihnen den Anzug schließlich ausgezogen, aber die seien daraufhin so verwirrt gewesen, ja hätten sich gebärdet, als habe ihr letztes Stündlein geschlagen, dass ihnen beiden die Lust vergangen sei. Man müsse sie also in den Anzügen und damit in ihrer virtuellen Welt, welcher auch immer, belassen.

Der Kommandant überlegt, ob seitens der Roboter nicht eines Tages eine Revolte, eine Auflehnung der

Maschinen gegen ihre Schöpfer zu befürchten sei, da sie ja von den biologischen Lebensformen als Arbeiter gehalten würden.

Das sei völlig ausgeschlossen, jauchzt Vilgin. Die Roboter fühlten sich nicht benutzt, und die biologischen Bewohner stellten ihrerseits keine Gefahr für die Roboter dar, lebten sie doch unablässig in ihren Anzügen und bekämen so auch keine Krankheiten mehr durch Ansteckung, denn sie hätten ja keinen unmittelbaren Kontakt mehr zueinander. Die Ressourcen – Grund jeglicher Konflikte in der Vergangenheit – seien wegen der nur noch geringen Zahl biologischer Formen nicht mehr begrenzt. Allenfalls die Rechenkapazität des virtuellen Systems sei es, könne und würde von den Robotern nach Bedarf jedoch sofort erhöht werden. Theoretisch bis ins Unendliche. Sie hätten es hier mit einer perfekten Symbiose zu tun, denn die Roboter versorgten und warteten das System, das die biologischen Lebensformen in ihrer virtuellen Welt glücklich sein ließe, und die biologischen Lebensformen gäben den Robotern die Arbeit, die diese glücklich mache und ihrem Dasein einen Sinn gebe. Überhaupt sei auf eine Verringerung der Körperlichkeit der biologischen Lebensformen – was ja bei ihrer Art zu existieren nur logisch sei – verzichtet worden, weil die Roboter dann nicht mehr genügend Arbeit gehabt hätten.

Ob sie irgendeine Form von Regierung bemerkt hätten, fragt der Kommandant schließlich. Könne man ein Abkommen treffen, vielleicht sogar Handel treiben?

Früher habe eine Regierung aus Politikern bestanden, sei aber längst abgeschafft worden, so Parsec, denn aus der Tatsache, dass das Wort eines Politikers in seiner Bedeutung davon abhängt, ob es vor oder nach einer Wahl ausgesprochen wurde, sei die natürliche Konsequenz gezogen worden, und man habe denen offiziell das Ruder überlassen, die es ohnehin bereits in Händen gehalten hätten: den Wirtschaftsbossen. Die aber hätten mangels eigener rhetorischer Perfektion die ehemaligen Politiker bei sich eingestellt. Schließlich wären diese ehemaligen Politiker nach Zahlung astronomischer Summen, deren Höhe von den Fähigkeiten des einzelnen Politikers abhing, zwischen den Wirtschaftsbossen hin und her geschoben worden, gerade so, wie es sich bei ihnen zu Hause mit den professionellen Ballspielern verhielte. Über die vollzogenen Transfers hätten sich alle anderen aufgeregt, und nachdem auch noch jede Menge Versicherungs- und Bankgesellschaften ihre Finger im Spiel gehabt hätten, die sich damit dumm und dämlich hätten verdienen wollen – denn wo viel Geld fließt, seien die immer zu finden – sei das alles eskaliert. Es habe einen großen Knall gegeben, auch im wörtlichen Sinne mittels verheerender Kernfusionswaffen, die im Besitz mindestens sechzig Prozent aller zu dem Zeitpunkt existierenden Staaten gewesen seien. Als aus taktischen Gründen der Gebrauch des allgegenwärtigen Computernetzwerkes drastisch eingeschränkt wurde, hätten die Roboter alle ausgemerzt, die nicht in ihr Selbstverständnis gepasst hätten. Eine Revolte der Roboter sei somit bereits erfolgt. Anschließend habe es keine Regierung, kein Zahlungssystem und damit keinen Handel, aber auch keinerlei Waffen mehr gegeben. Übrig geblieben seien nur diejenigen, denen es schon vorher gelungen war, den Schrecken der äußeren Welt zu entfliehen, um sich im virtuellen System, tief unter der Oberfläche des Planeten, zu etablieren. Das seien die Vorfahren der wenigen jetzt noch anzutreffenden biologischen Formen gewesen. Alles in allem seien diese Bewohner uninteressant, und es bringe folglich gar nichts, sich mit ihnen auseinanderzusetzen. Der gesamte Planet sei für ihren primären Zweck völlig ungeeignet, und es bliebe daher nur sein Vorschlag, zumindest den Nahrungsmittelvorrat wieder aufzufüllen, was Vilgin für ebenso phantasielos wie notwendig hält.

Ob er sich bezüglich der Waffen sicher sei, will der Kommandant noch wissen, woraufhin Parsec sein Auge verdreht. Eine derartig degenerierte Gesellschaft auch noch verteidigen zu wollen sei doch geradezu lächerlich.

Kommandant Golgon stöhnt, warum sie nicht auch mal Glück haben sollten und der wievielte das jetzt gewesen sei, den sie lediglich auf diese Weise nutzen könnten, woraufhin eine künstliche Stimme automatisch etwas von einem 214ten Planeten quäkt.

Der 214te in ihrer miesen kleinen Statistik, knurrt Vilgin, aber niemand solle am Ende sagen, er habe ihnen diesen hier nicht schmackhaft machen wollen.

Er möge nicht enttäuscht sein, tröstet der Kommandant, aber je länger eine Suche erfolglos bliebe, um so größer und trügerischer könne das Verlangen nach dem Gesuchten werden.

Er drückt den blauen Knopf neben dem roten. Ein gleißend heller Energiestrahl schießt aus dem Raumgleiter quer durch das heliozentrische System und trifft den Planeten, um aus ihm allerhand Klumpiges zu machen, das der Gleiter restlos einsammeln und dann lautlos damit seines Weges ziehen würde.

Doch verblüfft und hilflos beobachten die drei, wie der Strahl in seiner Energie kaum gemildert vom Planeten zurückgeworfen wird zum Gleiter, von dem lediglich der große, blaue Knopf bleibt, irgendwo in der lautlos trägen Kälte treibend.

Inhalt